中村真一郎手帖

cahier Nakamura Shin'ichirô 2024

19

目次

講演

『雲のゆき来』と元政上人

揖斐高

揖斐です。よろしくお願いいたします。

中村真一郎さんが『頼山陽とその時代』を書かれるにあたって、江戸時代の漢詩文集をたくさん手元に集められていたことはよく知られています。そのなかには柏木如亭という、おそらく中村さん好みの抒情的な詩と快楽主義的な生き方をした漢詩人の、『如亭山人藁初集』という詩集の板本も含まれていました。

『頼山陽とその時代』が出版された後のことですが、今から四十年余り昔に、私は柏木如亭の詩集など板本の複製五種に年譜を加えて『柏木如亭集』というものを出版しました。複製を作るには原本が必要になります。ところが、柏木如亭の著作板本はいずれも稀覯本で原本の調達に苦労しましたが、『如亭山人藁初集』については中村さんご所蔵のものをお借りして複製の原本にすることができました。その時、私は中村さんとは一面識もなかったのですが、手紙を差し上げてお願いしたところ、快く貸してくださり、そのお陰で何とか『柏木如亭集』を出版することができたような次第です。そういう意味で、私は中村さんには恩義があり、こうして中村さんを顕彰する中村真一郎の会でお話しできますこと、その恩義の何分の一かをお返しすることになるかもしれないと思い、たいへんありがたく感じています。

一九九七年に中村さんが亡くなられた後、この『如亭山人藁初集』も含めて、中村さんが蒐集された江戸時代の漢詩文集類は国文学研究資料館に寄贈されました。奥様の佐岐えりぬさんの思い出によれば、能狂言の研究者で国文学研究資料館の館長を務められた小山弘志さんが中村さんの親友であったことから、生前、中村さんが小山さんに相談していたと云うこともあって、国文学研究資料館への寄贈が実現したようです。その後、国文学研究資料館で「中村真一郎江戸漢詩文コレクション」として整理作業が行われ、二〇〇七年には目録も刊行されて、現在は一般の閲覧にも供されています。

その「中村真一郎江戸漢詩文コレクション」のなかに、江戸時代の漢詩文集とは別に、『江戸漢詩に関する創作ノート』という中村さん自筆の部厚い手控え帳一冊が含まれています。この『江戸漢詩に関する創作ノート』という名称は国文学研究資料館で目録作成時に付けられた「仮題」で、この手控え帳の中扉には中村さんの筆跡で「凍泉堂詩話のための覚書」とありますので、これを尊重して原題として用い、ここでは『覚書』と略称したいと思います。この『覚書』は、江戸時代の漢詩人について、年代順に一頁に一人、二〇〇頁（二百人分）にわたって、伝記的な情報、読み終えた漢詩文集についての批評、あるいはその漢詩人に対する人物評価などを思いつくままに細かな字で書き込んだ、詳細なメモになっています。ここから一九六六年刊の『雲のゆき来』や一九七一年刊の『頼山陽とその時代』そして一九七六年刊の『詩人の庭』などが生まれてくることになりますが、この『覚書』と『頼山陽とその時代』との関係については、五年ほど前にちくま学芸文庫として再刊された『頼山陽とその時代』の解説文「『凍泉堂詩話』から『頼山陽とその時代』へ」に書きましたので、ここでは繰り返しません。

ここでまず申し上げておきたいのは、この『覚書』中にメモされている、江戸漢詩の時期区分についてです。一口に江戸漢詩の歴史といっても二百七十年近くに及びますので、その間にはやはり色々な変化が起こっており、時期区分をした上でその変化を概観する必要があります。ところが、従来の江戸漢詩の代表的な選詩集である、例えば山岸徳平編で日本古典文学大系の一冊として一九六六年に出版された『五山文学集・江戸漢詩集』、あるいは猪口篤志編で新釈漢文大系の一冊として一九七二年に出版された『日本漢詩　上』においては、時期区分というものはなされておらず、江戸時代として一括され、山岸徳平編の『江戸漢詩集』では儒学の流派によって詩人が排列整理されるに止まっています。

江戸時代において儒学と漢詩との関係は密接なものがありましたので、儒学流派の消長によって江戸漢詩の変化を跡づけるというのも一理はあるのですが、儒学流派の消長と漢詩の変化とは必ずしも一体化してはいませんし、特に江戸時代の中期・後期になりますと、漢詩と儒学との間に分離が起こりますので、儒学流派の消長を基準にして漢詩の変化を捉えるということが難しくなってきます。そこで、やはり漢詩そのものの詩論や詩風の変化によって、江戸漢詩の時期区分をすることが求められるわけです。中村さんは蒐集された膨大な江戸時代の漢詩文集を閲読・分析された上で、漢詩の詩論や詩風の変化に基づいて、この『覚書』において次のような江戸漢詩の時期区分を試みられています。

『覚書』に記されている中村さんによる江戸漢詩の時期区分案の概要は次のようなものです。

Ⅰ 十七世紀　（草創時代）　慶長―貞享期（一五九六―一六八七）
Ⅱ 十八世紀ノ一（唐詩時代）　元禄―明和期（一六八八―一七七二）
Ⅲ 十八世紀ノ二（宋詩時代）　安永―寛政期（一七七二―一八〇〇）
Ⅳ 十九世紀ノ一（全盛時代）　享和―文政期（一八〇一―一八二九）
Ⅴ 十九世紀ノ二（頽唐時代）　天保―慶応期（一八三〇―一八六七）

このような五期に分けた中村さんの時期区分案は、私にもはなはだ妥当な案であるように思われました。実は先年私は『江戸漢詩選』上・下（二〇二一年刊）という江戸漢詩の選詩集を出版しましたが、そこではやはり詩論や詩風の変化を踏まえて江戸漢詩の時期区分を試み、詩人と詩を排列しました。そこで試みた時期区分の私の案は次のようなものでした。

第一期　幕初期　慶長―貞享期（一六〇三―一六八七）
第二期　前期　元禄―宝暦期（一六八八―一七六三）
第三期　中期　明和―寛政期（一七六四―一八〇〇）
第四期　後期　享和―文政期（一八〇一―一八二九）
第五期　幕末期　天保―慶応期（一八三〇―一八六七）

私の案は世紀という切れ目を意識していないところ、時期の特徴を示す「〇〇時代」という表題がないというところが中村案とは異なっていますが、五期に区分するという骨格は共通しており、五期のそれぞれがどの年号の期間に当たるかというのもほとんど一致しています。小異があるのは明和年間（一七六四―一七七二）を第二期に入れるか第三期に入れるかの違いだけです。私の案で明和期を第三期に入れたのは、その後の詩のあり方や詩風の変化に大きな役割を果たした大坂の混沌社という詩社の結成が明和二年（一七六五）だったことから、明和期を第三期に入れるという判断ですが、明和期を第二期の末に置くか、第三期の始めに置くかという違いは、それほど大きな違いではありません。

私が『江戸漢詩選』において時期区分を考える時に、すでに私は中村さんの時期区分案を知っていましたので、無意識のうちにその影響があったかもしれないと思いますが、私の案を考えた時には中村さんの時期区分案をあえて意識しないようにし、江戸漢詩の変遷を自分なりに分析・検討して決めました。結果的に私の時期区分案は中村さんの時期区分案を踏襲するようなものになったわけです。これは私にとっては甚だ心強い結果でしたが、中村さんの江戸漢詩についての広い視野と適切な分析というものを、改めて感じさせられる出来事でした。

さて、本日のお話の本題に入らせていただきます。池澤夏樹さんが編集した河出書房新社版の『日本文学全集』の第十七巻（二〇一五年刊）は堀辰雄・福永武彦・中村真一郎で一冊になっていますが、中村さんの代表作として選ばれているのは『雲のゆき来』です。『雲のゆき来』は今日司会をなさっている鈴木貞美さんの解説を付して講談社文芸文庫にも収められています。池澤さんは『日本文学全集』の解説において、『雲のゆき来』は「いちばんの傑作」で、「あまりにうまく作られた小説で、ただ嘆賞して読むしかない」と評しています。このような場で改めて作品内容を紹介するのもどうかと思いますが、話を進める都合上、簡単にこの小説の概要を振り返ってみたいと思います。

初老の小説家である主人公は、ふとしたことからユダヤ系ドイツ人の父と中国人の母との混血の若い国際的女優と京都の旅に同行することになります。主人公の旅の目的は江戸時代初期の僧侶で漢詩人であった元政の隠遁の場所である深草の称心庵（瑞光寺）を訪ねることでしたが、女優の目的は女性関係が奔放だった父親とかつて恋愛関係にあった五人の日本人女性を訪ねることでした。

主人公は旅の中で、遊女との悲恋の末に出家したという伝説のある元政が、欲望を制御する仏教的な戒律のもとで、欲望を許容し心の自由な働きを詩の源にする中国伝来の性霊説という詩論を、どのように矛盾なく受け容れることができたのか、また母への孝行を尽くすことは病弱な元政にとってどのような意味を持っていたのかなどということを考えます。いっぽう女優は母親を裏切って五人の日本人の女と次々と恋愛関係になった父親と女たちを憎んでおり、京都への旅は父親と女たちへの憎悪を確認するためのものでした。

京都の旅から帰った後に、女優が突然事故死したことを知った主人公は、女優と行動を共にした京都の旅での出来事を反芻しながらヨーロッパを旅し、その旅から日本に帰国して久しぶりに元政の詩の世界に浸ります。そうした時、突然、香港に住む女優の母親から女優が主人公宛てに書きかけた手紙が送られてきます。その手紙は、自分が女優であることと憎むべき父への復讐との関係の考察を踏まえて、本当の自分の生活とはどのようなものかについて考えるようになったと書かれたところで、途切れます。

　この小説は、東洋対西洋、現在対過去、東洋の中での中国対日本、西洋の中でのドイツ人・フランス人対ユダヤ人、男対女、親対子などさまざまな対立的な因子が重層的に絡み合って複雑に展開しており、それを簡潔にまとめるのは至難の業ですが、最終的に小説中の主人公は、元政の「母親への孝行の性質を追究する」ことになります。その時ふいに主人公が思い出したのは、女優が元政と母との関係を、「彼にとっては、真の恋人は母親ひとりなのです」と直感的に言い当てたことでした。元政にとって人生の最大の主題は「母への愛」であって、それは「恋」と名づけてもよいものであり、伝説化された遊女高尾大夫との恋などは何の影響力も持たないものだったという結論に、主人公は辿り着きます。極めて卑俗で安易なまとめ方をすれば、小説の主人公である私は、元政という漢詩人の中にマザー・コンプレックスという心理を見出して、この小説は幕を閉じます。

　ここで先ほどの中村さんの手控え帳である『覚書』に戻りますと、『覚書』の中には、執筆予定の『凍泉堂詩話』という書物の構想の一箇条として「⑥幾つかの groupe に分けて essai 風に描く」という方針が記されており、さらにその細目の第一項には「(a) 元政上人の生活を中心として、母を慕ふ気持と病を憂ふる気持とを thema とする。幾分小説的」と記されています。念のため申し上げますと、配付資料の方では中村さんのメモは縦書きになっていますが、もとは横書きで書かれています。

　これらのメモから分かることは、中村さんは当初予定していた『凍泉堂詩話』という書物の中に、エッセイ風に元政上人を取り上げるつもりだったこと、そこでのテーマとして取り上げるのは母への愛と自分の病への憂いということで、それは小説的な記述になるであろうという予測でした。そして、一頁に一人ずつ割り当てられていた個人別の覚書部分の元政上人の項には、「絶句、七言の部。春夏秋冬に別つ。和歌集の如し。(1) 而して詩もまた和歌に近し。(2) 言平易、情平淡、真率愛すべし。(3) その主題は殆ど常に母を慕ふと病を憂ふと」という記述が見られ、雲という字を○で囲んだ合印が付されています。この雲という字を○で囲んだ合印は小説『雲のゆき来』のことを指していると思われます。つまり、『雲のゆき来』という小説の出発点を、『凍泉堂詩話のための覚書』のなかに見ることができるということです。

ここで一つ、おそらく中村さんの視野には入っていなかった元政上人の伝記上の問題を取り上げてみたいと思います。元政こと石井元政は姉が彦根藩主井伊直孝の側室、春光院と言いますが、『雲のゆき来』はこの人の墓がある世田谷の豪徳寺を主人公が散策することから始まっています。元政は姉が藩主の側室であったことから、十三歳の寛永十二年（一六三五）に彦根藩に仕えましたが、二十六歳の正保五年（一六四八）に出家して日蓮宗の僧侶になります。実はその間に書かれた元政の長文の手紙が残されています。なお、正確には元政の呼称は出家前はモトマサ、出家後はゲンセイと呼び分けるべきですが、一々区別するのも煩雑なので、適宜ゲンセイという呼び方をさせていただきます。この元政の手紙は一九七七年に出版された島原泰雄編『深草元政集』（古典文庫刊）に収められて初めて一般に知られるようになった資料ですので、『雲のゆき来』の出版はその十一年前の一九六六年ですから、中村さんはこの手紙の存在を知ることなく『雲のゆき来』を書かれたと思います。

私はかつてこの手紙の意味するところを「元政の詩歌――多情多感の行方」（国文学研究資料館編・古典講演シリーズ7『芭蕉と元政』、二〇〇一年刊）で検討したことがありますが、その検討結果の概要をここで申し上げます。元政と同じ彦根藩士だと推測される「重仲」という人に宛てた、「葉月三日」という日付のある長さ二メートルにも及ぶこの手紙を元政が書いたのは、私の推測では、元政が江戸の彦根藩邸に詰めていた十九歳寛永十八年（一六四一）八月三日のことでした。元政の伝記では、元政はこの年の秋に病に倒れ、彦根に帰って療養生活に入ったとされています。これは『雲のゆき来』の中にも出てきますが、その療養期間中に、元政はお母さんと和泉国和気村の妙泉寺に参詣して日蓮の像を拝み、一つには出家すること、二つには父母に孝行を尽くすこと、三つには天台三大部を閲読することという三願を立てます。つまり、この手紙は彦根藩士石井元政が出家して僧侶元政になる、その転機に書かれたものだったのではないかと推測されるということです。それでは、その手紙の内容はどのようなものか、たいへんに長い手紙でここで全文の紹介はできませんので、その一部を、意味を取りやすいように適宜漢字を当て濁点を付けた形で紹介させていただきます。

絶えねとかこつ玉の緒のつれなく長らへて、春も過ぎ、夏をも暮らし、秋にさへめぐりあひぬ。何時はとは時はわかねども、とりわきて悲しきは秋の空なりけり。
〔……〕
鳥の音、鐘の声はさらなれ。程近きあたりに笛をすさぶ人ありと覚えて、夜な夜なの秋風に吹あはせたる声の、枕の上に音づれ来て、こよなう思ひをつくるぞ、さらに堪がたき。想夫恋といふは笛の曲とかや。秋風の身に寒き夕暮は、つれなき人をさへ頼むならひぞかし。いはんや年月浅からず末の松山波かけて契りし中らひの、世々をふとも露かはるまじき人の心なれば、此ごろの空、常よりもをさをさ思ひ給ふらん。風のつてに通ひ来る文を見るに、時の間もうつろふかたなき心の色、言葉の外にあらはれて、これまではいかに思ひ給ふらんと、心のほどをおしはかるにも、わが思ふは十のひとつなり。

〔……〕

明日たゝん今宵の文に、此あらましいさゝか書き続け、形見など贈りし御返事に、鬢の髪に歌など添へ給へるを、今も見るたびに心細き筋になりゆきて、涙の玉のをのづから乱るゝ恋のつまとぞ成にける。されど、せめてこれのみならば、うち捨てば、しばらくはなぐさむべきに、何かれと取り集めたる恋草のかずかずに、置所なき憂き思ひ、つくすとも限りあるべきかは。

すぎにし二月の後の五日の夜、わが栖にいらせ給ひつるさゝの一夜かは。かりそめならぬ情に、来しかたの物思ひ、行末の嘆き、睦まじき枕の上に語り続くるにも、程なき別れを思ふに、せきあへぬ涙を心ひとつに抑へつゝ、思ふ心のかずかずをひとつだにまだ言ひ果てざるに、夜もこよなうふけゆけば、とにかくに尽きせぬ嘆き、千夜を一夜になすとも言ひ尽くすべきことならずと、君にさへ諌められて、やうやうに起きあがり、もろともに重ねし衣を取り替へて身にまとひたる時ぞ、さらに悲し(き)事の限りなる。

〔……〕

あはで月日を経るとても、いかならん折にも忘るべしと思はず。過し卯月の末、五月の初めまでは、かの衣を夜昼わかず身にまとひつる。

〔……〕

いよいよ平安におはしますや、明け暮れ聞かまほしく思ひまいらする我も、いまだ露のいのち草葉の末にすがり侍る。よろづの事は猶残る玉の緒かけて、後の便りを待ちまいらせ候。かしく。

これは一読して、通常の友人関係にある男同士の手紙とは思えません。「想夫恋」(男を恋慕する女心の曲)、「末の松山波かけて契りし中らひ」(「末の松山」陸奥国の歌枕。『後拾遺集』恋に、清原元輔「契りきなかたみに袖をしぼりつつ末の松山波こさじとは」)、「恋のつま」(恋のきっかけ)、「恋草」(恋にまつわる品物)などという言葉もちりばめられているように、明らかに衆道の関係(男色の関係)にあった人が、恋しい相手に送った手紙だと読まれます。二月二十五日に一夜を共にした時、別れに際して着衣を取り替え、それ以後「卯月の末、五月(さつき)の初めまで」、二カ月余り昼夜を分かたずあなたの着ていたものを身につけていましたなどというのは、尋常な関係ではありません。この手紙の背後にある事実関係を推測してみますに、ある年（寛永十八年）の二月の末に、国元の彦根を発って江戸に赴いた石井元政が、その年の八月三日に江戸藩邸から彦根にいるおそらく彦根藩士の重仲という人に宛てたもので、終りの方に「すぎにし二月の後の五日の夜」という文章がありますが、これは石井元政が彦根を発って江戸に向かう直前の二月二十五日、重仲と別れを惜しんだ夜のことを語っていると思われます。

石井元政と重仲は衆道の間柄で、重仲が年上の念者、元政が年下の若衆という関係だったと考えるのが自然だろうと思います。しかし、世間に流布している一般的な元政像というのは、親への孝行を尽くした立派なお坊さんというものですので、元政にこんなことがあるはずがない、この手紙は本物ではない偽物だと否定する人もいるだろうと思います。しかし、この手紙以外にも元政と重仲の衆道関係を裏付ける資料があるのです。これも先ほどの『深草元政集』に収められている『正保四年和歌』（仮題）という、元政が出家する前年の和歌が収められている歌集です。

この歌集の中には重仲という人物がしばしば登場しています。まず「佐和へかへりけるに」という詞書のある重仲の歌ですが、

うたかたのあはれかはらぬ契哉(ちぎりかな)むかしにかへる鳰(にほ)のうら波

これに対する元政の返しの歌として、

としへても鳰のうら波立かへり深きよるべときみをたのまん

もう一首、元政が重仲に遣わした歌に、

みし夢の俤(おもかげ)までもしほれきぬ泣きぬらしつる袖の枕に

「鳰(にほ)のうら波」は、「鳰のうみ」すなわち琵琶湖の岸に打ち寄せる波のことです。こうした歌のやり取りからも明らかに元政と重仲の衆道の関係を窺うことができると思いますが、最初に示した重仲の歌は、琵琶湖の岸に打ち寄せる波が昔と変わらないように、私たち二人の愛情も昔と変わることはないという意味ですし、これに対する元政の返歌も、年が経っ

ても琵琶湖の岸に波が打ち寄せているように、こうして帰ってきたあなたを寄る辺としてあなたをお頼みしたいと思っていますという意味です。おそらく二人の間は離れればなれになって一時疎遠になっていたのが、重仲が彦根に戻ってきたことで衆道の関係が復活したことを詠んでいるのではないかと推測されます。この時元政は二十五歳です。元政が出家するのはこれらの歌が詠まれた翌年のことです。

ちなみに、実はすでに江戸時代において、元政と重仲との衆道（男色）の関係を指摘した人がいました。随筆『睡餘小録』（文化四年刊）の著者である江戸時代中期の京都に住んだ藤原吉迪という人です。この『睡餘小録』というのは、古い書画・器物・手紙などを元のままの姿に版木に彫って、それに簡単な注記を付けて出版したもので、正確には随筆というよりも好古図録とでもいうべき書物ですが、その中に元政の重仲宛の手紙（先ほど紹介した手紙とは別の手紙）が、「石井元政ノ艶書」という標題を付けて収められており、それには「元政弱冠の頃（コロ）、重仲と断袖（ダンシウ）の契（チギリ）ありて贈りし文なり。重仲の手蹟を元政学べり。此本書、福井氏蔵なり」という藤原吉迪の注記が付けられています。「断袖の契」というのは、漢の哀帝が寵愛していた董賢という男との昼寝から目覚めた時、董賢が哀帝の袖を下に敷いて眠っていたので、哀帝が董賢を起こさないよう袖を断ち切って起き上がったという故事（『漢書』）から男色の関係を指しています。このように見てくると、元政と重仲との間に衆道の関係があったということは否定できないように思います。しかも、重仲への恋慕の思いが昂じて、江戸藩邸に詰めていた十九歳の彦根藩士石井元政は病気になり、彦根に帰省して療養生活をし、その結果として七年後に出家することになったわけです。

元政出家の原因は江戸吉原の遊女高尾との悲恋にあったという伝説が有名ですが、おそらくそれは伝説であって、伝記上の事実ではありません。むしろ、この重仲という人との長期に及んだ衆道の懊悩が元政出家の遠因として考えられるべきではないかと思います。先ほど紹介した重仲との衆道の関係を詠んだ歌の収められている『正保四年和歌』の翌年の正保五年に元政は出家しています。

中村さんの『雲のゆき来』は小説として完結したものであり、こうした伝記上の穿鑿とは別のものであることは言うまでもありませんが、もし中村さんがこうした元政の手紙の存在を知り、元政と重仲との衆道の関係をご存知だったならば、『雲のゆき来』という小説はどのようなものになっていただろうかという思いは禁じ得ません。中村さんが取り上げた元政のマザー・コンプレックスという問題と、元政における衆道という問題を、中村さんどのように関係づけられたであろうか、伺えるものならば伺ってみたかったという気がいたします。現在の形でさえ複雑巧緻な『雲のゆき来』という小説に、もし仮にこの衆道の問題が組み込まれたとしたなら、『雲のゆき来』はいっそう複雑でロマネスクな小説になっていたのかもしれません。

以上、結論も何もないとりとめの無いお話でしたが、『雲のゆき来』という小説のあり得たかもしれない可能性ということを申し上げて、私の話を終わらせていただきます。ありがとうございました。

＊　本稿は、本会第十八回総会（二〇二三年四月二十二日、於明治大学駿河台校舎）に際して行われた講演をもとに、新たに原稿化していただいたものです。（編集部）

中村真一郎手帖　第十八号（2023.5）

堀辰雄の遺産　安藤元雄

＊

中村真一郎とプルースト　吉川一義

中村真一郎のフランス文学翻訳　三枝大修

＊

カズオ・イシグロに「来たるべき小説家としての中村真一郎」をまなぶ　助川幸逸郎

「共感」という魅惑に抗って　広瀬一隆

中村真一郎が見た三好達治（Ⅲ）　國中治

＊

中村真一郎的文学世界の価値　野川忍

中村真一郎、その原点を探る　本田由美子

＊

「ことば」を回復する途　鈴木貞美

加賀乙彦館長との四半世紀　大藤敏行

思い出すことと忘れること　岩野卓司

＊

中村真一郎の会　短信／趣意書／会則

講演

中村真一郎と江戸

田中優子

中村真一郎先生は様々な分野について書いている方ですが、やはり、『頼山陽とその時代』、『蠣崎波響の生涯』、『木村蒹葭堂のサロン』の三冊が私にとっては非常に重要で、研究の上でも大変参考になりました。これらをどう読みとったのか、お話ししたいと思います。

中村真一郎先生に実際にお目にかかったことはないのですが、私が『江戸の想像力』という本を一九八六年に出したとき、真っ先に「朝日新聞」で長い書評を書いてくださいました。八〇年代は、江戸時代の評価が大きく変わる時期ではありますが、このときはまだ大半が否定的な評価でした。反発や批判も多かったのですが、中村先生が、すごくおもしろいという評を書いてくださったことがきっかけで、皆さんに順調に読んでいただけることとなり、大変感謝しています。なぜそういう論評を書いてくださったのかということも、これからお話しする中村先生の江戸観に根差していると考えています。

江戸文化の特質

まず、江戸文化の特質について、今回の論考と関係の深い点を紹介していきたいと思います。一つは、江戸文化は印刷と書籍の時代である、ということです。これは徳川家康が非常に大きな役割を果たしています。今、大河ドラマ『どうする家康』が放送されていますが、そこにはまったく出てこない家康です。彼は江戸幕府が開かれる前から活版印刷の技術を取り入れ、それを積極的に活用していくことを決めました。凸版印刷という会社があり、印刷博物館を運営していますが、開館記念の展覧会が「江戸時代の印刷文化　家康は活字人間だった!!」ように、活字という媒体を使うべきだと思った最初の日本人が家康なのです。

中国が活字を発明し、後にそれが朝鮮半島に入っていきますが、朝鮮は世界最高レベルの銅活字を作っていて、『大蔵経』を印刷していました。その後にヨーロッパではグーテンベルクが活版印刷をはじめるわけです。家康は朝鮮半島の活字を使い、日本でも本を出すべきだと思うようになりました。なぜ本を出すのかというと、当時の武士たちの多くは漢文を読めません。そういう状況で武士が社会を作っていくことは極めて難しかったからです。内戦を終結させること、つまり戦争する武士ではなく、国を治める武士を作る必要があることを彼は早くから考えていました。そのためには、国際的な知性が必要になります。当時の「国際的な知性」とは漢文で書かれた四書五経のことであり、これを読みこなせる人が必要だということになりました。しかし、多くの本が無ければ教科書として使えませんので、そういう目的で印刷をはじめたわけです。武士の子弟のためにはじめたのですが、それが社会全体に広がって大きな刺激となり、京都に出版社ができることになります。やがて板木による印刷に転換すると、江戸に飛び火して、ますます多くの書籍が印刷されるようになりました。しかも、それは浮世絵と結びつき、文字と絵が一体化した新しいメディアが作られることとなります。今日お話しする頼山陽、蠣崎波響、木村蒹葭堂、そしてそれを巡る人たちというのは、この書籍の時代、漢詩文の時代を生きていました。

さらに、教科書が印刷されると、それを使った藩校ができることになります。その流れで、私塾ができ、初等教育のための手習い（寺子屋）ができ、最後に昌平黌ができるわけですね。学校というものが仕組みとしてつぎつぎと生まれていくことになります。江戸時代前半は上方の文化が中心で、後半は江戸文化中心になるわけですが、江戸文化というのはこれまた極めて特殊な文化です。他の場所、特に大坂などは商人の都市ですし、地方都市もそれほど武士の人口が多いわけではないのですが、江戸は人口の五〇パーセントが武士となりましたので、極めて特殊な都市だったと言えます。

その結果として、東インド会社がもちこむオランダ語の書籍などは、まず江戸に入ります。もちろん最初は出島に入るのですが、江戸まで持っていきます。というのも、東インド会社の社員たちが、江戸城に登城しなければならないという義務を課されたためです。彼らが大量の書籍をもって江戸に入り滞在しますから、そこにいる船医などを日本の蘭学者たちが訪ねにいくという流れができました。蘭学というのはまず江戸で起こったと言えるでしょう。

また、銅版画についても触れておく必要があります。大量の博物学の書籍と銅版画が江戸に持ち込まれました。『解体新書』の翻訳も江戸に持ち込まれた文献によって、江戸で翻訳作業が行われました。江戸でヨーロッパ文化や学問が育まれたのです。参勤交代で流動性が高くなりましたので、街道整備が進み、武士たちはほとんど江戸に集積するわけです。諸藩つまり国許もあるのですが、参勤交代のメンバーは必ず江戸屋敷のなかにいました。そういう流動性の中で儒者、文人、画家、作家たちも移動するわけです。中村真一郎の『頼山陽とその時代』は、非常に広い範囲にわたって関係者を洗いだし彼らについて書いていますが、それは頼山陽自身が動きまわるからです。移動と交流の時代ということが背景にあります。

それからもう一つ、江戸時代の創造の方法には特徴があります。江戸時代のものを作る方法は、天才が出てきていきなり何かが起こるということではなく、ネットワークを使うことでした。ネットワークは、「連」、「社」、「会」によってあらわされ、いずれも少人数の組織を意味しますが、決して大きな規模にはならず、横に繋がっていくことを特徴としています。これが全国に形成されることにより、新しいものが作られていくことになるのです。所属している人たちがどんな人たちだったのかといえば、それはあらゆる階層に及びます。おもしろいのは、たとえば武士は、昼間は武士としてふつうに仕事をしているわけですが、その名前とは違う名前を組織のなかでつかうので、一人の人間が、二つ、三つ、四つ、五つ……というように複数の名をもつことになります。ネットワークごとに名前と能力を使い分けていたのです。一つのことだけをやるわけではなく、文章も書き、漢詩も作り、歴史もやり、文学もやり、さらには絵も描き、書も記し、博物学やコレクションもして、楽器もいじり、本当にやりたいことをした結果、文人というものがここに誕生するのです。文人は元儒者であったり元画家であったり、そもそもどのような人だったのかがわからなくなるくらいにさまざまなことをやりはじめますが、それは横の繋がりによるネットワークに起因しています。以上が江戸文化の特質です。

中村真一郎の江戸文化観

それでは、中村真一郎の江戸文化観を考えていきましょう。

『頼山陽とその時代』、『蠣崎波響の生涯』、『木村蒹葭堂のサロン』の三作品を取り上げます。中村真一郎は次のように言っています――「人間を矛盾した多くの可能性の束だと考える」。非常に印象に残る言葉です。なぜかと言いますと、これは江戸時代の人々の自我意識そのものなのです。先ほど言いましたように、一人の人が一つの仕事をして一生を終えるということではなく、さまざまな人々が協力しながらいろいろな才能を使い分けています。このあり方、この自画像はいくつもの自分を持っています。これは近代的な自我とは違うものです。いくつもの才能があってそれが一つの「私」に集結するというふうには考えておらず、別段バラバラでもまったくかまわないと思っているわけです。例えば武士だったら、現実生活を送る上では武家という家の責任を負っていますが、その私とはまた別の私が「私」の中にいるということになり、そちらの方で主な活動をして一生を終えるという人たちもいるわけです。こうした人間観というものが、まさに中村真一郎が言っているように、「人間を矛盾した多くの可能性の束だと考える」という言葉によく表れていて、やはり、中村真一郎は江戸時代の人々についてとてもよくわかっていただろうと思います。

　もう一つ、「参加の文学者のドラマ」を書きたかったと中村真一郎は言っています。とりあげる書籍の題名をみてみると、頼山陽、蠣崎波響、木村蒹葭堂という人名が入っており、個人の評伝だと私たちは思うわけですが、実際に読んでみると、そういうわけではありません。それぞれ当人と関わった膨大な人たちがつぎつぎに出てきて、評伝だと思っていると訳がわからなくなります（笑）。普通の評伝とは違います。彼らひとりひとりについて、横に逸れて書いていくのです。一人の評伝の中に別の人の評伝が組み入れられている印象を持つことになります。主人公になっているその人の作品ではなく、別の人が作った絵画や漢詩の鑑賞をし、こんなに素敵ですよという話になってくるわけです。そうすると、読めば読むほど、まさにネットワークによって構築された江戸という世界が、書籍のなかでかたちづくられていきます。こうした記述の方法が江戸文化の創造の方法と合致しているのです。つまり、江戸文化そのものなのです。近代的な評伝と異なる書き方ですが、それは江戸文化そのものの方法であったということに、私は非常に驚きを感じます。中村真一郎が意識的にこの方法を採用したのか、江戸文化を探求していくうちにそうなったのか、本人に聞かなければわからないところではあるんですが、おそらく、後者だと私は思います。

　とりあげる三人を見てみると、作品順では『頼山陽とその時代』（中央公論社、一九七一年）、『蠣崎波響の生涯』（新潮社、一九八九年）、『木村蒹葭堂のサロン』（新潮社、二〇〇〇年）となりますが、生きている年代でいうと、その逆になります。木村蒹葭堂（一七三六―一八〇二）、蠣崎波響（一七六四―一八二六）、頼山陽（一七八〇―一八三二）という並びになります。けれども、三人とも十八世紀後半から十九世紀初期を生き、関係している人たちも重複しています。この時期の特徴というのが、日本の漢詩文リテラシーが頂点に達したときである、と言うことができます。漢詩文というと江戸時代初期からあるような気がしますし、先ほども言いましたように、家康が意識的にそういう世界を作り上げたわけですから、当然初期から学んでいる人はいました。しかし、鑑賞はしても自分で作ることができるくらいにその人口が増え、一部のエリートのものではなくなるには、時間が必要です。それが先ほどの藩校や私塾を通して広がっていくわけです。

どの程度まで学ぶかは手習いやそこに通っている子供たち次第ですから、平仮名しか学習せずに卒業してどこかに勤める子もいるし、平仮名だけではなく漢字が出てくる文章に触れながらそれを学んでいく子もいます。また、さらにその上になると、私塾のようなところもあって、そこでは漢文そのものを学び、漢詩文までを学ぶところもあります。教科書は大体、四書五経と決まっていますが、どこまで学ぶか、ということは今の教育と違って、それぞれの人の置かれた環境によってバラバラです。そうすると、漢詩文リテラシーを持った人の数というのは早急に多くはならず、徐々に増えていくことになります。それから、階層について言えば、もちろん最初は武士の子弟からはじまりましたが、この武士の子供たちが大きくなり、子供の頃に鍛え上げられた漢詩文のリテラシーが大人になって成熟していくことがあると思われます。町人はどうなのかというと、町人はそこまで行きませんが、次第に町人のなかにもそれが広がっていきます。これは手習いを通じて広がっていくと同時に、様々な本を通じて広がっていきます。例えば、明の時代に編まれた『唐詩選』は、日本に入ってくると詩のすべてにふりがなが振られ、絵がつき、さらに解説までついているという誰でも読める本になり、それがベストセラーになったんですね。そうすると、そういうものを見て読んで大事にして味わっている町人、農民、職人、つまり武士以外の人たちが、そういうものに触れることができる時代になっていきます。これは出版文化があったからです。

なぜ彼らはそういうことをするのかというと、その根底には俳諧があります。俳諧人口というものが増えてくると、どこかに行き俳諧をやるわけですね。近代に生み出された俳句は一人でもできますが、俳諧というのは連なので複数の人がいないとできません。どこかに出かけていき座を組んでとっさに作りますから、ある程度の教養がないとできないので、腕を磨こうと思ったら勉強するわけです。『唐詩選』などは最適なんです。そういうリテラシーが徐々に育ってきます。やはりそれは、十八世紀後半から十九世紀前半になってからということになりますので、その漢詩文のリテラシーが頂点に達したときにこの三人がいるということになります。

『頼山陽とその時代』

具体的に『頼山陽とその時代』に入っていきましょう。頼山陽については、いろいろな人がいろいろなことを言っていますが、一番大事なことは、頼山陽は『日本外史』という歴史の本を書いた人であるというのが中心的な解釈だと思います。ただ、この歴史の本の書き方が問題です。彼は幽閉されてこの本を書いたのです。一八〇〇年、二十歳のときに脱藩しています。朱子学者の長男であることから、武士として広島藩に登用されていた人ですが、彼は学問が大変好きでした。しかしながら、武士あるいは学者として生きていくということについて、完全には納得できないところがあって、脱藩して連れ戻され、幽閉されているあいだに書いたということになります。ただその時点で完成まではいきませんので、書きはじめたというのが正確です。その後、様々な塾で教師をしますが、一カ所にとどまるということがなく、広島にもいるけれども、さらに西の方に行って九州各地を転々とし、文人墨客と交わりながら、詩や文書を書いていきます。それから書画も、絵も描きます。最終的には一八二六年に『日本外史』を完成させて、松平定信に献上するわけですが、その後、書き足りないところを『日本政史』や『通議』に書いて、亡くなります。このような人ですが、いわゆる教育に携わったわけではなく、学者として大成したというわけでもない。いわば文人というふうに言っていいと思います。しかも放浪癖まであります。

こういう人を一体何と呼んだらいいのかよくわからないというのが、大方の意見です。和辻哲郎は、頼山陽は歴史家であるが、学者であるより詩人であると言っています。つまり、一番高く評価されたのは詩であったと判断しています。『日本外史』は面白いけれど文学だという評価です。詩人的な直感と表現が特徴であると。それから頼山陽は、息子が安政の大獄で殺害されるわけですね。山陽の史書が尊王運動に拍車をかけたという評価が一般的になされていますが、和辻は、後の天皇尊崇の感情の流れに総合的な表現を与えたからだろうと言っています。また、漢学尊重の波に乗ったということも指摘しています。この時代はどういう文体で書こうとかまわないんですが、漢文で書くことによって、むしろ詩人的な魅力を発揮したという評価をしています。

このあたりから出発する中村さんの仕事は、森鷗外に非常に大きな影響を受けていると思います。森鷗外は『伊沢蘭軒』ほか、歴史評伝を多く書いています。ただ、両方読んでみるとわかるように、書き方がまったく違います。鷗外の評伝にも次々と登場人物がでてきますが、一人一人の中には入らず、外側から客観的に書いている、と言えるかもしれません。

中村真一郎は自分の若い頃と頼山陽を重ね合わせています。特に頼山陽の状況が「病」であるという観点に立ち、偉人としての頼山陽ではなく、自分と同じように病を抱え、矛盾に満ちた人間として描いています。次のような言葉があります。

> 病気に対する——あるいは病気と人格と仕事との絡まり合いに対する——深い関心からこの研究をはじめた。
>
> 知己の言というものは、しばしば弁護される人間を、実際以上に美化し、ある行動の動機から醜い要素を切り捨てているという点で、非現実的である。

幽閉中の『日本外史』の執筆については、「一種の回復期の作業療法」であると考えられ、次のように言われています。

> 何もしないでいれば、不安の発作が起るだろう。病気にとって、精神を遊ばせておくのは非常に有害である。注意を絶えず、自分の外のものに集中させておく必要がある。古人の事業は「自分の外のもの」の最たるものである。項羽や韓信、足利氏や新田氏の運命は、読者とは何の関係もないし、またそれらのとうに死んでしまった人々の人生は、今、どう思ってもやり直させるわけにはいかない。これほど安心して読める本はないわけである。山陽は読むだけでなく、自分でも書きたくなった。それは日本の武家政治の、事実を主とした歴史であった。
>
> 私は山陽の門下から、藤井竹外のような観念的革命詩人、村瀬藤城のような現実的農民運動家、関藤藤陰のような開明的官吏、村瀬太乙のような風狂人、と多彩な人材の出たことに興味をおぼえる。山陽は『日本外史』の著者として、単に専ら、尊攘派のイデオローグであったわけではない。あるいは山陽の思想は、それほど一方的に明快に反幕的であったとは言えないということになる。

山陽個人は、驚くべきことには必ずしも尊攘派のイデオローグではなかった。極言すれば、彼は彼自身の死後に、思いもかけずひとつの革命的政治運動の理論的指導者の席を与えられてしまったのである。大塩中斎の政治的実践に反対し、村瀬藤城の権力への反抗を阻止しようとした、晩年の体制主義者山陽にとっては、これは殆んど皮肉な悲喜劇だと言えるだろう。

私の好奇心はそうした「参加の文学者」のドラマを山陽のなかに発見するに及んで、いよいよ強められて行った。

私のこの探求は「山陽とその文学的グループ」の再現の仕事なのである。

私は頼山陽という人物について考えるのに、幾つかの視点からする像を、夫ぞれ別個に作りあげ、それらの像をいわば合わせ鏡のようにして、この百数十年前に世を去った人物の姿を、立て並べた鏡のあいだに彷彿させようとしている。

私は『日本外史』は、或る意味では山陽の幼時への逃避の産物であると思う。その点で彼の神経症時代に構想せられたということは注目に価いするだろう。彼は母の保護のもとへ逃げこむために病気となり、また幼時の軍記物の絵本などに取り巻かれていた子供部屋の精神状態の再現を、この仕事によって実現しようとしたのではなかったか。

まさにこれらの引用から、中村真一郎が自身と重ね合わせながら、『頼山陽』を書いたことがわかるのではないでしょうか。歴史的な人物を書くとき、普通はそれをするのは時代が違いますから極めて難しいわけです。それにもかかわらずできたということは、時代が異なれば人間の価値観はまったく違うということではなく、人間が一貫して持っている何かについての直感が中村真一郎にあったからだと思います。

登場人物についてまとめていますが（資料1）、これは実際の目次です。子供時代の登場人物のあとに、京都と大阪の友人たち、敵対者たち、九州方面の知人たち、江戸の学者たち、諸国の知友、山陽の弟子、独立した弟子たちというように、第一グループから第六グループまで、目次のなかに重複なくたくさんの人物が出てきます。誰がどんな人物だったのかは、あまりにも多くて記憶に留められないんですが（笑）、私はメモしておくことで、後でその人について知りたいときに、見ることができるようにしています。まだ続きます。山陽の弟子、慷慨家たち、晩年の弟子たち、独立した弟子たち、というように、弟子について、第一グループから第四グループまで続きます。

それから、漢詩について非常に丁寧に取り上げながら書いているという特徴があります。私が注目したいのは、ヨーロッパの詩を吸収した視点から漢詩を読んでいるという点です。大窪詩仏についての事例が大変面白く、そうした新感覚に満ちています。「プルースト的視点の奇抜さ」、「ジロードゥー風の発想」、「恰もジュール・ルナール」、「英国形而上派詩人を想わせる近代性」、「モレアスやシャルル・クロスに似たアンチミスト的詩風」、「アポリネール的比喩」、「ポール・フォールを連想させる明るい色彩感覚」、「ヴェルレーヌの奇数脚に似た特殊な面白さ」、「ヴァレリーの「風神」を想わせる同語反覆の軽妙な音楽的効果」……。これらすべてが漢詩についての表現です。

こうした感覚は、たとえば、フランス文学者であり、漢詩文にも詳しい石川淳も、持っていました。石川淳は『狂歌百鬼夜狂』というエッセイのなかで、狂歌を十九世紀フランスのサンボリズム運動と同じだと書いています。また、小説『普賢』では、方法としてアンドレ・ジッドに影響を受けながら、フランスの最初の小説家クリスティーヌ・ド・ピザンについて論じています。というように、江戸時代と異なり、近代の作家たちはヨーロッパやアメリカの文学と接触し、それをもってもう一度日本の古典を読むことができます。しかも、それをあわせることができるようになり、中村真一郎も同じことをしています。私もそのような感覚で読みたいとは思っていますが、なかなかできません（笑）。漢詩を十分に鑑賞するところまでいかないんですね。中村真一郎の著書は、評価を入れながら漢詩をたくさん引用していますが、なるほどと思えるものは、数カ所かしかないです。そこまでいかないといけませんが、なかなかそうなれないでいます。このように漢詩がとりあげられるのは『頼山陽』が多いですが、つぎに見ていく『蠣崎波響の生涯』でも引用されています。

『蠣崎波響の生涯』

本書は一九八九年に書かれていますが、『頼山陽』が一九七一年なので、年代にかなりの開きがあります。蠣崎波響という人は、江戸時代の文化が知られるまではそれほど有名ではなかったのですが、今はずいぶん知られるようになったと思います。きっかけは、フランスで発見されたアイヌの酋長たちを描いた絵でした。『夷酋列像』は完成後、コピーが描かれ、何グループも複製が存在しますが、その一つがフランスで見つかったことをきっかけにして、中村真一郎は『蠣崎波響の生涯』を書きはじめます。

私がふだん講義で使っているアイヌ・北海道関係年表（資料2）で、簡単に背景をおさえておきましょう。蠣崎家というのは松前藩の藩主ですから、この蠣崎家を中心にして、アイヌ政策がなされていました。なぜ江戸時代にアイヌ政策がなされるかというと、ロシアとの関係が原因です。ロシアが南下してくることについての危機感が江戸時代にはありました。領土を広げるためというよりも、ロシアにどう対峙するかの問題意識を持ち、北海道の開拓がなされたわけです。後には北海道だけでなくほかの土地にも来ていたのですが、北海道には年中来ているような状態でした。そして、アイヌ民族に限らず、ギリヤークをはじめとする北方民族がたくさんいて、さらにそこに中国が入ってきてロシアと交易が行われていたわけです。江戸時代になると、将軍までそのことを認識するようになり、北海道の問題を松前藩に任せているような状態となりました。琉球には琉球国家がありましたが、北海道には国家がないので、松前藩はそれぞれの部族の酋長と付き合うしかないということになり、こうした経緯の中で『夷酋列像』のような酋長たちの肖像画が出てきます。

　ですから、なぜ酋長を書くのかという背景には、江戸時代特有のロシアに対するアイヌ及び北海道をめぐる政治的利害関係がありました。十八世紀の後半になると、工藤平助が『赤蝦夷風説考』のようにロシアについて書きながらアイヌについても書き、最上徳内『蝦夷草紙』、林子平『三国通覧図説』をはじめ、蝦夷調査がさかんに行われるようになり、いろんな人が北海道に行くようになりました。より身近な例で言うと、日本の民俗学を開いた菅江真澄の名を挙げることができます。菅江真澄は、アイヌ語を記録して絵も描きましたが、こうした背景のなかで『夷酋列像』が描かれました。中村真一郎の言葉を見てみましょう。

> 「列像」図における、首長たちのあの威厳に満ちた面影は、波響ひとりの人間観によるものではなく、松前一族に共通のものであったと云うべきだろう。
>
> 彼の交際の具体的実情というより、彼がその中に生きた環境の雰囲気そのものの再現を企てているので、〔……〕そうした個々の独立した個性を、必ずしも波響中心に惹きつけないで、別々に生かすことで、逆に若き波響の、彼らから刺戟された、目に見えない内面の感受性の革命の如き、微妙な消息〔……〕を彷彿とさせることも可能となるのではなかろうか、と秘かに信じてもいる。この手法は既に往年の拙著『頼山陽とその時代』においても試みており、主人公の内面生の追求の手段としての、その時代の空気の再現の方法に、ある新生面を拓くことに、一種の成功を収め得るものと、私は自惚れているわけである。

私にとっては和歌も俳句も、西洋の古典や中世から近代、現代に至る、夫ぞれに異った特殊な伝統から生れた詩も、同じひとつの美学によって鑑賞するのが、創作家としての私の経験的態度なのである。（松岡青蘿についての記述）

やはり、「時代の空気の再現の方法」、「環境の雰囲気そのものの再現」ということが言われています。評伝というのは一人の個人だけに従ってそれを書くのではなく、その時代を書くのだということです。蠣崎波響の時代というのは開放的な田沼時代ですから、田沼意次からはじまって平賀源内や学者や文人たちが、ずらずらと出てきます。それがその時代の雰囲気を描くということになります。それから、やはり、波響ではない人たちが書いた文章や詩に、かなりの紙幅を割いています。

・皆川淇園の『淇園詩集』『淇園詩話』『淇園文集』
・六如『六如菴詩鈔』『葛原詩話』
・松岡青蘿の句
・橘南谿『北窓瑣談』
・菅茶山『黄葉夕陽村舎詩』
・菊池五山『五山堂詩話』
・柴野栗山『栗山文集』『栗山堂詩集』

というように、たくさんの詩や漢詩を引用して、それを書きながら鑑賞しています。

『木村蒹葭堂のサロン』

最後の『木村蒹葭堂のサロン』は、中村真一郎の遺著です。木村蒹葭堂は、作家というよりもコーディネーターで、蒐集家です。私がふだん使っている本草関係年表を資料として掲載しておきますが（資料３）、木村蒹葭堂という人の背後にある歴史の空気を感じていただければと思います。

本草学というのは中国の植物学のことで、日本では貝原益軒『大和本草』によってはじまりました。実際に貝原益軒は歩き回って植物を研究しました。ちょうど吉宗が将軍になる頃です。彼は経済的な理由で本草学を追求することになります。朝鮮人参をはじめとする薬草です。今では薬学ですが、医療の一環としての本草学に日本はお金をかけていました。しかし、輸入に頼っていたため、金銀銅が大量に外国に流出したのです。江戸時代の日本はこれをできるだけとどめようとして、次々といろいろなものを国産化し、輸入量を減らして自分たちで物を作る時代を実現しました。この最後のものが本草だったのです。これにかなり力を入れたため、うまく行きました。特に朝鮮人参の人工栽培は、日本でのみ成功しています。これであまり輸入しなくてもすむ時代が来ました。こうした流れの中で力を発揮した人物が、田村元雄（藍水）や平賀源内でした。

このような人たちが日本中を歩き回って情報を集め、新しい栽培方法を試行し、新しい商品を作り上げることが日々繰り返されていたわけです。こうした流れのなかに彼はいます。自分のところに本草学に携わる人が訪れてくると、彼は自分が持っているコレクションを見せるのですが、こんなものがあったのかと気がつき、次のステップに進むことができた人がたくさんいたわけです。木村蒹葭堂自身は研究者だったわけではないし、別段、漢詩もたくさん書いたわけではないですが、文人と言えるでしょう。もともとは、造酒屋の主人なので商人です。人が集まるところに彼はいました。

『木村蒹葭堂のサロン』に『芥子園画伝』という本が出てきます。これは植物を中心にして描かれた色刷りの中国の本です。色彩印刷の書籍がはじめて日本に入ってきて画家や浮世絵師たちがこれにならって試行錯誤した結果、多色刷り浮世絵が生まれました。同時に『芥子園画伝』は絵のパーツ集です。後に北斎が『北斎漫画』でおこなうような絵手本です。絵を書こうと思う人は、『芥子園画伝』を一冊持っていると、基本的な形を組み合わせれば、絵を書くことができるという本です。しかも色彩印刷です。こうした書籍が入ってきたことによって、漢詩文というよりも、中国に直接、深い関心を寄せる人がおおく出てきます。蒹葭堂はこうした環境の中で、書籍やものを数多く蒐集した人物でした。

くわえて、ここに「煎茶」が出てきます。煎茶を通してさらにネットワークができあがっていきました。

> 李笠翁の『芥子園画伝』に倣って、明人の画を模写した『明朝紫硯』という、彩色の絵本は幼い蒹葭堂に強い感銘をあたえ、彼が中国の絵画を学ぶ方向に進んで行くきっかけとなった〔……〕
>
> 淇園は自ら語っているように幼時から画業に熱心であり、その似初の師は江戸の藩邸において、長崎派の画家英元章、一名吉田秀雪について手ほどきを受け、十五、六歳くらいまでそれが続き、それ以後は『芥子園画伝』などの中国渡来の画論や作品に直接ついて、独学で中国絵画の法を会得した。特にその花鳥画の彩色の絢爛として、筆法の緻密なことは、到底、日本人の作品とは思われぬほど、徹底的に中国的であった。これは彼の父親の時代の藩侯吉保が、将軍綱吉の側用人として権勢を揮った時代に、ブレインとして荻生徂徠をはじめとする蘐園一派

の儒者たちを、招聘して重用し、彼らが現代中国語によって直接に中国古典の研究を行ったり、詩作を試みたりした、極端な中国偏向であったし、それは同時に中国学芸の人口である長崎文化への傾倒につながるものだったので、幼少にして淇園は、当時の中国学芸の最前衛の只中に呼吸することになったことと自ずから関係が深かろう。

要するに、当時、中国からの直接の影響を受けて、教養人たちがモダーンな試みとして、現代中国語による古典研究を行うとか、黄檗宗の禅僧たちの移入した煎茶を試みるとかと共通する中国かぶれの明清画丸写しの産物である。この傾向はやがて忽ち日本化して、「文人画」として、大雅や蕪村に大成するわけだが、その直前の、彭城百川や、祇園南海や、柳沢淇園による、この純中国流の一時期の画風に対して、私は幼時から胸の奥に生きている世界主義の血――それは六歳にして、初めて奈良法隆寺の金堂の木の列柱に、小な掌で触れ、その微妙な曲線がその昔、シルクロードを通って、遥かにアテネのアクロポリスの神殿の大理石の列柱から伝えられた「エンタシス」と同一の力学的原理によるものであると、若き父に教えられた瞬間に生れたものであるが――その血の快くうずくのを覚えるのである。そしてブルジョワジーの都市、十八紀大坂の一少年太吉郎の胸を騒がせたのも同じ衝動であり、やがてこの衝動は「蒹葭堂」という国際博物館の実現にまで、その夢が膨らんで行くことになる。

最後に『木村蒹葭堂のサロン』についての松岡正剛の書評を紹介しましょう。末尾に、「われわれとしては、その香気が江戸の十八世紀に燻蒸していても、平成の二十一世紀にはまったく聞香（ぶんこう）できないことを嘆くばかりだ」という一文があります。松岡正剛が何を言っているのかというと、中村真一郎が書いた江戸時代の本の中に出てくる漢詩文を私たちが読み取れなくなっている現状に疑問を呈しているんですね。日本の中で広まって深まり、日本の文化の一部となった漢詩文というものが、今、私たちの手の中からぼろぼろと落ちていっています。私が高校生の頃はまだ教科書の中にありましたが、今は教育の過程のなかにはほとんどありません。それでいいのか、という問題があるように思います。私たちは非常に大きなものを失ってしまいました。今日ご紹介した三冊を読むだけで、それがよくわかります。これらは単に評伝として江戸時代の過去を書いたということだけではなく、私たちはこれから「何を取り戻さなければならないのか」ということを考えさせる三冊だと私は思っています。そういう意味で、とりわけ私にとってこの三冊が、中村真一郎の著書の中で大切なものです。

【資料1】登場人物

頼春水（父）、頼春風（叔父）、頼杏坪（叔父）、頼鴨厓（長男）、頼支峯（次男）、尾藤二洲（山陽の母、静の妹・直の夫）、菅茶山、古賀精里、福井榕亭

京摂の友人たち（第一グループ）

篠崎小竹、小石元瑞、浦上春琴、北条霞亭、武元登々庵、大塩中斎、猪飼敬所、新宮凉庭、武元北林、亀井南溟、江馬細香

京摂の敵対者たち（第二グループ）

中井履軒、越智高洲、村瀬栲亭、江村北海、梅辻春樵、中島棕隠、祝星舲、塩田随斎、貫名海屋、摩島松南、垣内渓琴

西遊中の知人たち（第三グループ）

小原梅坡、中村嵓州、松永花遁、広江殿峯、月形鷦窠、亀井昭陽、草場佩川、中村嘉田、遊龍彦次郎、古賀穀堂、辛島塩井、田能村竹田、伊藤樵渓、角田九華、広瀬淡窓、帆足万里、館林万里、雲華上人

江戸の学者たち（第四グループ）

林述斎、佐藤一斎、松崎慊堂、大田錦城、堤它山、亀田鵬斎

江戸の文士たち（第五グループ）

市河寛斎、市河米庵、柏木如亭、大窪詩仏、匹田松塘、菊池五山

諸国の知友（第六グループ）

梁川星巌、紅蘭、斎藤拙堂、河崎敬軒、山口凹巷（韓聯玉）、仁科白谷、落合双石、野田笛浦、大槻磐渓、小畑詩山、坂井虎山、川北温山、横溝藿里、塩田随斎、尾池桐陽、尾池松湾、日柳燕石

山陽の弟子（第一グループ）

後藤松陰、村瀬藤城、村瀬太乙、神田南宮、橋本竹下、宮原節庵、小野招月

慷慨家たち（第二グループ）

藤井竹外、宮原節庵、野本万春、森田節斎（その弟子が吉田松陰）、家長韜庵

晩年の弟子たち（第三グループ）

門田朴斎、牧百峯、児玉旗山、関藤藤陰、江木鰐水

独立した弟子たち（第四グループ）

中島米華、塩谷宕陰、岩下桜園、岡田鴨里

【資料2】アイヌ・北海道関係年表

1515
蠣崎光広、蝦夷の乱平定。

1599
蠣崎氏、松前氏と改める。

1606
松前城築かれる。藩士たちは知行地のかわりに交易の権利を得る。米一俵（四斗）は二斗ないしは七～八升となり、鮭一〇〇尾と交換された。

1633
幕府巡察使にタイするアイヌのウイマム（御目見得）はじまる。

1669
漁猟権をめぐる、シャクシャインの抗戦。

1769
松前廣長、建部綾足に酋長トヒカライン一行の様子を話す。

1773
建部綾足『本朝水滸伝』で、トヒカラインをモデルにしたカムイボンデントビカラを登場させる。この年、蠣崎波響が江戸藩邸で綾足から絵を学んだと思われる。

1778
ロシア船、蝦夷地で通商を求める。

1783
工藤平助『赤蝦夷風説考』。平秩東作『東遊記』。

1784
蝦夷調査。田沼意知暗殺される。

1785
山口鉄五郎、青嶋俊蔵、最上徳内らの蝦夷調査。青嶋俊蔵『蝦夷拾遺』。

1786
エトロフ、ウルップ、カラフト調査。最上徳内『蝦夷草紙』。林子平『三国通覧図説』。

1788
恋川春町作・北尾政美画・蔦屋重三郎版の黄表紙『悦贔屓蝦夷押領（よろこんぶひいきのえぞおし）』。菅江真澄『外が浜づたひ』。古川古松軒『東遊雑記』。

1789
クナシリ・メナシの抗戦で二〇〇人余りが蜂起。

1790
蠣崎波響『夷酋列像』十二図完成。その後、数々の模写が作られた。

1791
五―六月、菅江真澄『えぞのてぶり』。

1792
林子平『海国兵談』筆禍。ラクスマン、根室に来航して通商を求める。

1794
古川古松軒『四神地名録』。大黒屋光太夫『北槎聞略』。

1797
昌平黌を官学とする。

1798
近藤重蔵『近藤重蔵蝦夷地関係史料』。

1799-1821
蝦夷は幕府直轄地となり、刺青、熊祭を禁止され、日本語の禁止から同化政策に転じ、南部津軽藩、八王子同心の子弟に開拓させる。アイヌは疫病で激減。

1800
伊能忠敬、蝦夷地の測量を開始。

1807
羽太正養『休明光記』。

1808
最上徳内『渡島筆記』。「蝦夷はやりうた断章」として、上田秋成が夷琴（カア）をもつ絵が描かれる。

1858
松浦武四郎『近世蝦夷人物誌』が書かれる。

1899
北海道旧土人保護法により給与地に封じ込める。職業を農業に制限される。給与地は大半和人の手に渡り、梅毒も蔓延。

【資料3】本草関係年表

1709
貝原益軒『大和本草』刊行。

1715
寺島良安『和漢三才図会』。白石『西洋紀聞』。

1716
稲生若水没『庶物類纂』未完。

1717
将軍が吉宗となる。

1728
松岡玄達『蕃藷嶽』。甘藷はすでに各地で栽培されている。

1731
下野今市で朝鮮人参の国内生産はじまる。

1734
沈南蘋来日。

1735
青木昆陽『甘藷記』。丹羽正伯に命じ幕府指導による諸国産物調査はじまる。

1737
各地の産物記（南部、長門萩、周防、加賀など多数。蝦夷から薩摩まで現存一七〇点）。幕府、昆陽の提言に従って幕府で甘藷の試作。江戸で、盆栽、植木がはじまる。

1738
田村元雄『人参譜』。

1740
稲生若水の未完の『庶物類纂』、丹羽正伯らによって完成。二十年に及ぶ、植村左平次『諸州採薬記』成る。

1747
田村元雄『人参耕作記』。

1748
中国の絵画マニュアル『芥子園画伝』翻刻される。『金魚養玩草（そだてぐさ）』。

1750
朝鮮への銀輸出禁止。

1752
平賀源内、長崎遊学。

1754
山脇東洋『蔵志』。源内、退役願い。

1755
源内、一月量程器、三月磁針器を作製。

1756
平賀源内、江戸へ出る。

1757
田村藍水、平賀源内の提唱で第一回薬品会。伊藤若冲『動植採絵』作製はじまる。

1758
田村藍水、平賀源内、第二回薬品会。曙山、藩主となる。直武出仕。「蒹葭堂会」発足。

1759
田村藍水、平賀源内、第三回薬品会。源内、薬品会『会薬譜』（田村藍水鑑定・源内編・二十一人の本草による）。肥後の医学校再春館、闘草会（薬品会）をはじめる。

1760
江戸の長崎屋経由で、ヨーロッパ情報、書籍が入る。田村藍水、平賀源内、第四回薬品会。大坂、戸田旭山の薬品会——出品者一〇〇人、物品二四一種、『文会録』二一図。源内、各地で貝の採取、ホルトノキ発見。
源内、長崎屋で商館長カランス、外科医パウルナルと会い、知恵の輪の袋をあけ、小豆島の竜骨を、スランガスティンと同定する。

1761

源内、『紅毛花譜』(スウエールツ、著アムステルダム、一六三一刊)入手。
源内、神田白壁町へ転居。東都薬品会引札。『赭鞭（しゃべん）余録』京都の薬品会記録。戸田旭山の薬品会。

1762

平賀源内、第五回東都薬品会。高松藩『衆鱗図』成立。

1763

源内、外科医ポルストマンにホルトノキを見せる。『物類品隲』刊、三六〇種四〇図。『根南志具佐』『風流志道軒伝』刊。
清貿易の支払いに銀を中止し、銅と俵物（たわらもの）を使う。

1764

源内、秩父へ行き火浣布を作り幕府へ献上（香敷二×二センチ、最大三×一三センチ）。
秋田薄に上知令が出される。

1765

源内、『紅毛本草』(ドドネウス著、アントワーア、一六四四刊・吉宗蔵のものか？）入手。『火浣布略説』刊。『宋紫石画譜』版行。
大小絵暦会で錦絵（完全カラー浮世絵）が完成する（鈴木春信）。
蒹葭堂会から、混沌社が結成される。

1766

源内、『紅毛介譜附石譜』(ルンフイウス著）入手。
伊藤若冲『動植採絵』完成。

1767

源内、『紅毛虫譜』（スワンメルダム著）入手。

1768

源内、『紅毛魚譜』（ウイルビー）『紅毛禽獣魚介無蟲譜』（ヨンストン）『世界図』（ブルックネル）入手。タルモメイトル製作。

1769

源内『百工秘術（自然の景観）』入手。

1770

田村元雄『琉球産物志』。河口信任、京都で解剖をおこなう。

1771

蘭訳オントレードクンディへ・ターヘレン（一七三四、アムステルダム刊。原独語本クルムス著一七二二刊。長崎屋で入手）の『解体新書』への翻訳はじまる。前野良沢、杉田玄白ら。

1772

田沼意次、老中となる。河口信任『解屍篇』。源内、志度で飼っている四頭のヒツジでラシャ、国倫織りを織る。

1773

源内、六月二十九日、秋田へ出発。秋田で杜丹（とたん）山亜鉛鉱山を発見。神田大和代地へ。十二月、小田野直武（二十五歳）、銅山方（やまがた）産物吟味役として上京。鈴木春重、源内と秩父へ。『解体約図』。

1774

『解体新書』刊。小田野直武挿絵。秋田蘭画成立。
秋成「あしかびのことば」。

1775

ツュンペリー長崎着。源内ら紙製金唐草の製作。応挙「百蝶図」。

1776

長崎から持ち返ったエレキテルの修理完成（欧州、一七三三―）。

1777

平賀源内『天狗髑髏鑑定縁起』『放屁論後編』刊。

1780

平賀源内、小田野直武死去。

1781 — 菅江真澄の旅が始まる。

1783 — 司馬江漢（鈴木春重）が銅版画完成。

1788 — 『画本虫撰』刊。蔦屋重三郎、歌麿を起用。

1802 — 木村蒹葭堂死去。

1810 — 頼春水『在津紀事』執筆、二八年刊行。

1831? — 堀田正敦『堀田禽譜』。

1837 — 宇田川榕庵『植学啓原』。

1844 — 武蔵石寿『目八譜』。岩崎灌園撰『本草図譜』。

1852 — 高木春山『本草図説』。

1853 — 木村黙老撰『鱗鏡』。

＊ 本稿は、本会第十八回総会（二〇二三年四月二十二日、於明治大学駿河台校舎）に際して行われた講演の記録をもとに、新たに原稿化していただいたものです。（編集部）

中村真一郎手帖　第十七号（2022.5）

中村真一郎、この一冊

遡行する詩の〈自由〉　山田兼士

『頼山陽とその時代』　沓掛良彦

『木村蒹葭堂のサロン』を読む　林浩平

評論・短篇・長篇から　富士川義之

小説を評価するための基準　岩津航

再読そして回想の恵み　越智淳子

＊

中村真一郎における「一体」　三枝大修

『夢のなかへの旅』の展開　渡邊啓史

中村真一郎が見た三好達治（Ⅱ）　國中治

＊

中村真一郎の会　近況／短信／趣意書／会則

講演

蠣崎波響の生涯

中村真一郎

普遍的立場への共感と波響への関心――序にかえて

今、ご紹介がありましたように、私は最近、『蠣崎波響(かきざきはきょう)の生涯』という本を書きました。

その本の中でも触れたことですけれども、書く直接の動機になったのは、だいたいこんなことなんですね――フランスのブザンソン、つまりアルプスに近いところの美術館に何か分らない東洋の絵があったらしいんです。その美術館にパリのギメ美術館という、東洋関係の有名な美術館の女性の学芸員の方――たしか日本人と結婚していたと思います――がスキーかなんかに行ったついでに寄ったときに、その絵を見てくれといわれたんですね。それで見てみたら、どうも波響の『夷酋列像(いしゅうれつぞう)』というシリーズの本物じゃないかということになり、写真にとって北大へ送って見てもらった。

そうすると、その絵のシリーズには序文がついているんですね。その序文は作者の叔父さんの廣長によるものなんですが、筆跡を鑑定してみますと、自筆に間違いないということになりました。それで序文が本物ならば当然、絵の方も本物だろうということで、急に非常に関心が高まりまして、その絵のシリーズがフランス各地の美術館を巡回することになり、その巡回展のカタログが私のところにも届きました。そこにフランス人の学者、美術史家が解説を書いているんです、つまりヨーロッパの絵の理解の方法で、その波響の絵を解説している。ヨーロッパの絵に普段から親しんでいる、またヨーロッパの美術の学者の書いているものにも親しんでいる私なぞには非常に分りいい解説だったものですから、急に私も、それでは波響について書いてみようと思いついたわけです。

私は波響については前から関心がありまして、二十年くらい前から札幌に来る度に資料を古本屋さんとか、関係の機関に探してもらったりしておりました。それから函館へ行ったときには、函館の美術館、図書館、それに松前まで行ったりもして、自然に資料が集まってきたんですね。必ずしも最初から波響について書こうという気持があったわけではないんですが、いつの間にかそういうふうに集まってきて、それが、フランスで『夷酋列像』が発見されたということで、書く直接の動機になったわけです。

直接の動機はそうなんですが、じゃあ、どうして波響という人に関心を持つようになったかと言いますと、これは私自身の人生観と直接に関係がある問題なので、そのことからお話ししようと思うんです。

といいますのは、ここにお集りになっていらっしゃる大概の方は、北海道のいわば地元の画家としての波響というものに対する関心から私の話を聞こうという方が多いと思うんですけれども、私は必ずしも、北海道、その地元、地方の芸術家というものに対する関心から出発しているのではなく、その逆の視点から出発しているわけです。

このことは、私自身の人生の歴史、少年時代からの生き方の問題と関係がございます。つまり、私が少年時代から青年時代にかけて生きてきた時代は、それは二十世紀の前半ですけれども、非常に大きな世界的な歴史の転換期でした。日本が中国大陸で戦争を始める、それからアメリカとも始まる、それからヨーロッパではナチスが出てくる。それからソ連では二十世紀の初めに共産主義の革命政権が出来る、これは国際的な革命、世界同時革命というのを理想にして始めたのが、スターリンが出て来て一国革命に方針が転換する。そして外国人が見ていますと、ソ連の外交方針は、ほかの資本主義諸国と同じように国家的なエゴイズムで動くようになる。もちろん、ナチスのドイツも非常に強い国家的なエゴイズムになる。日本の動きも外国からは国家的なエゴイズムであると批判される。

というようなことで今世紀の初め、私が生まれる頃に第一次世界大戦が終って、私が大学を出る頃に不幸にもまた、世界中をまきこんだ大戦争が始まる。人生に二度も世界を破壊するような大戦争がある。戦争というのはただ軍人がやるわけではありません。国家が決定して始めるわけで、始める場合にはもちろんその国の利益に基づいて始めるわけで、国と国の利益と利益が衝突するから戦争というものが出てくるわけです。そういう非常に不幸な戦争という事態もあるし、戦争のない時でも、それぞれの国の利害の対立がある、そしてそれぞれの立場での自己主張がある。そういう場合にある陣営に属して物を判断する、これは一定の政治的立場をとるということになる、政治家とか外交官とか、そういう仕事についた人は当然そうなるわけです。

しかし、一方で、世界的な視野で物を考え、見る、そういう普遍的な立場というものが人類にはある、知識人というものには普遍的立場で物を見るということが必要だ、そうしないと現代のように絶えず国際情勢が変っていく歴史的状況の中では、人間は世界観なり、人生観なりを絶えず入れ換え、しょっちゅう転向しなければならなくなる。流行語でいういわゆる「アイデンティティ」、人間の立脚の同一性と言いますか、持続性といいますか、そういうものが破壊されると、そういう持続性がなくなってしまうと、生きていくのに実際上困るし、自分の過去の考えに責任を持てなくなる。そういうことではいけない。私は少年時代から、知識人として一貫して一つの立場を一生保つことが出来ないか、世界的な視野で物を考えるべきではないか、ある階級的な、或いはある国家的な利害では物を考えまい、と、そういうことを考えてきたわけです。

しかし、そういう考え方の歴史はあるわけで、例えば古代のローマ人、これはローマ帝国を作った。ローマ人たちはもちろん、世界的視野で物を判断したわけです。中国でも漢の帝国、唐の帝国、これは世界帝国だったわけで、この世界帝国の知識人たちはもちろん、世界的視野で考え、物を判断した。中世の回教圏のアラビア人たちもアラビアからスペインにかけての、アフリカの地中海沿岸を含めての広い範囲に統一的文化を作った。彼らも世界的視野で物を考えた。ルネサンス以後のヨーロッパの知識人も、例外なく一流の知識人というものは、自分の国とか民族とか、そういうもののために物を考えるということではなくて、ひとつの真理を考える、人類に共通の真理を考える、ということだった。

近世はご承知のように、先進ヨーロッパが「遅れた」地域を植民地にして、一種の世界帝国を作ったわけですから、例えば十七世紀のフランスのデカルトはフランス人のために哲学を作ったわけではありません。人類は理性を平等に与えられていると考えた。十八世紀のドイツのカントも、物自体、「ディング・アン・ジッヒ」ということを言い出した。彼はドイツ人のために物自体ということを考えたのではなくて、世界中どこに行っても物自体というものはある、自分は人類のために考えているということを疑わなかった。それからヘーゲルは人類の精神、「ガイスト」というものが発展するのが歴史だと考えたわけですが、それはドイツで精神が発達するのではなくて、人類の世界精神が発達する。

今世紀に入っても、例えばフランスのベルグソンは「純粋持続」ということを考えたわけですが、この純粋持続というのは誰にでもあるわけで、フランス人にだけあるわけではない。そういうことが人間が物を考えるということで、それはどこの国が戦争に勝つとか敗けるとかということで変わるわけではない。例えばナチスがゲルマン民族は世界で一番優秀な民族だという理論を作ったわけですが、第二次大戦でドイツが敗けた。そうするとゲルマン民族最優秀という神話は滅びたわけです。だけれどもベルグソンの純粋持続の考え方というのは、フランスがドイツに占領されようが、フランスが独立を回復しようが、そういうこととは関係ないわけですね。そういうことがあるわけです。

これは思想だけではなく、例えば音楽でも絵でも、つまり芸術でもそうです。文学はある特殊な、民族の言葉で書くわけで、世界語で書くわけではない。ある国の言葉で書くわけですけれども、にもかかわらず、例えばスタンダールが『赤と黒』を書くと、フランス人だけではなく、どこの国の人でもそれを読むと恋愛というものの本質を感じる、そういうことがあるわけです。

私は小さい時から特に世界の歴史の非常に激しい変転をずっと見て育ちながら、なんとかして変わらないものにすがりながら生きていかなきゃいけない、そうすると世界的、普遍的なものの考えを持たなきゃいけない、そういう風に考えました。そうすると、これは世界的に言うと古典人ということになるんですね。古典主義というのは国によって違うということではなく、普遍的なもので、そういう古典人という立場に自分を置く、そういう先輩を尊敬する、そういう先輩に学ぶ、そういうことで生きていく。そうすれば一生、自分の立場を取り替える苦しみというか、恥をさらさないで済む。これが私の少年時代からのかなり強い真面目な信念だったわけです。

ところが日本の場合、島国で、歴史の中で世界の文化の中心となったことが一度もない。世界の文明の中心になったことのある国の人は世界人として物を考えることが非常に楽なんですね。自分たちの国のために考えることが同時に人類のために考えることになる。ローマ人はそうだし、中国人、中国が世界帝国だった時の中国人もそうだった。ところが日本は世界帝国を作ったことがないわけで、日本の偉大な思想家でも日本というものを特殊化して考えるという傾向の人がどうも多い。

例えば本居宣長は非常な天才だったと思うけれども、宣長という人は日本という国は世界に類のない優れた国だということを江戸時代に言い出した。しかし、あの時代にも中国の儒学と言いますか、漢文学、中国哲学は当時の日本人の一般的教養で、中国という一種の世界帝国の普遍的教養は日本中にいきわたっていましたので、宣長が日本は世界で一番優れていると言いだした時には笑った人が非常に多かった。一番おもしろい例は上田秋成で、本居宣長のことをからかって、宣長は日本が世界で一番いい国だと言っているけれども、世界中、どこの国の人間も自分の国が一番いいと思うにきまっている、宣長は馬鹿なことを言うものだ、という風に言っています。それから宣長と同じ時代に国学が当時世界最大の国際都市だった江戸の町でも発達していて、江戸派というものが形成されていた。そのグループの国学者、例えば加藤千蔭とか、村田春海とかといった人たちはやはり、中国の学問は普遍的で、そういう普遍的なものを日本風にやるのが国学であり、仏教とか儒教とかいうものに対して、日本に独自の哲学があるという宣長の考えは田舎住まいの学者の狭い視野のなせるわざで疑問だ、という風に言っている。国学者の中からもそういう批判が出ているんですね。

しかしそういうことを言っている宣長はやはり一流の学者です。おもしろいことに、宣長は日本は一番優れた国だと言って、それが彼の学問の原動力になったのですが、彼が一生かかって作り上げた『古事記』の注釈、『古事記伝』という膨大な研究書は、あれは、日本人にしか分らないものではなく、『古事記』という人類の古典的な遺産に対する非常に優れた世界的な注釈書で、『古事記』というものを研究しようとする世界中のどこの国の学者でも『古事記伝』を読んで研究する、つまりあれが基本的な研究書なわけです。宣長という人は非常に普遍的な仕事、つまりデカルトやなんかがやったのと同じ仕事をしたわけで、つまり気違いじみた日本主義者ではない、実際にやった仕事は人類のためにやった仕事なわけです。だから彼は偉大だ、と、そういう風に私は考えて育ったわけです。ですから私の尊敬する知識人というものは、そういう普遍的なものの考え方をする人だったわけです。

『夷酋列像』との出会い――波響の出自と個性

私がたまたま蠣崎波響という人に出会ったのは、二十年くらい前でしょうか。これは森鷗外の史伝の中に出てくるわけですが、鷗外は波響のことはよく分らなくて途中まで調べて簡単にスケッチして止めているんですが、私は興味をもって少しつっこんで見ているうちにアイヌの指導者たちの肖像を描いたシリーズ、『夷酋列像』に出会って、非常に感動したわけです。どうして感動したかというと、それはつまり、アイヌ絵という地域的な特殊な、地方芸術、いわば民芸品の興味では全くなく、あそこに描かれているアイヌの各部族の指導者たちが実に威厳を持って立派に描かれている。つまり描いている波響という画家が描かれている対象に対して人間的尊厳を感じている。つまり「ヒューマン・ディグニティ」、人間的尊厳という言葉があるのですが、ただ形を描いているというのではなく、その描かれている人の魂、描かれている人の人格的尊厳、人格的な誇りといいますか、そういうものを見事に芸術的に描いている。つまり当時から非常に特殊だった少数民族のある人たちを普遍的な人間としての尊厳の場に引き出して描いている、そういう点で非常に私は感動したわけです。

私は特に研究したわけではないけれども、日本の歴史を古代から見ておりますと、アイヌ民族は日本の先住民としていて、それがいわゆる大和民族が国内で力を持ち、統一政府を作るようになって、だんだん北へ押し上げられていって、終には北海道の中に限定されて生活するようになる。そうすると北海道の先住民族になるわけで、後から大和民族というか内地人が入っていって徳川時代に松前藩という藩が出来ていくわけです。松前藩とアイヌとの関係は非常に図式的に、感情的問題を抜きにして言いますと、一種の植民地支配という風に世界史的には言うことになると思うのです。ですから先住民族の側から見れば、後からきた内地の人たちは侵略者ということになるわけです。

ところが、普通の内地人の方を中心にした歴史では、アイヌ人との衝突はアイヌの反乱というふうに書かれている。反乱という考えは徳川時代からあり、幕府もそうとらえていたわけですけれども、しかし先住民族の側からすれば逆なんで、侵略者に対する押し返しということになるわけです。そういう一般的に内地から後からきた人たちは、先住民族のアイヌの人たちに対して対等の待遇をしない。どこの国の植民地でもそうですけれども、植民地に行って稼ぐ、出稼ぎをする人たちというのは、いつでも大体がその民族の中で一番程度の悪い人、一山当てようというような人で、ですから現地へ行って現地人を虐待したりだましたりするということが世界の植民地の歴史のどこにでも見られるわけで、不幸にしてアイヌに対する日本の各地の商人などが、松前藩を通じてやったことのうちにそういう事実が非常に多いということを我々は知っているわけです。

ただ松前藩は行政的な立場からそういうことはしていないようです、藩としては行政的に処理するということで、ぼろ儲けとか一山当てるとかそういうことではなく、行政的な機械の回転のような形で処理していたようです。けれども、諸国から集ってきた質の悪い連中がアイヌの人たちを非常に酷い日に合わせていたわけです。それに対して、波響のアイヌの指導者たちを見る目は、内地から行った質の悪い、一山当てようという冒険的商人かなんかのアイヌ人を見る目とは非常に違う、人間的尊厳を相手の中に見ている。つまり波響という人はあれを描く時に、非常に若い時に描いたわけですけれども、人間というものには人格の尊厳があるということ、そういうことを経験的に知っていたということを私は直感的に感じて、そして非常に波響という人に興味を持ったんですね。

考えてみますと、波響という人は、一寸調べてもすぐ分ることですが、松前藩の藩主の一族で、そして藩の行政の責任者、家老です。そうすると、つまり幕府との交渉が彼の仕事の半分を占めるわけですね。結局、単なる土着的感覚では行政は出来ないんで、幕府との交渉にあたるということになれば、どうしても全日本的視野で政治的に物をとらえなければならない。

少し調べてみてすぐ分ったんですが、松前一族というのは非常におもしろい一族でして、江戸にですね、これはどういうことなのか、私はそこまでは調べていませんけれど、幕臣でかなりの禄高の、五千石ぐらいではないかと思うんですが、寄合衆、寄合席の、だから旗本としてはかなりランクが上の旗本の松前という家があって、これは何軒かある。そして江戸の松前氏は幕府の中で代々江戸城の留守居役をやる。或いは大坂城代をやる。京都の所司代になった人もいる。それから江戸の町奉行もやる。そういう風につまり幕府の高級官僚をやっております。

一方で、松前の藩主は代々、非常に若かったり幼かったりして藩主になった人が多い。実際の行政の責任者は江戸の親戚の松前家から旗本が松前へ来て、いわば代官のようにして行政をやっているというケースが何度も見られる。ということは、幕府は松前藩を普通のただの大名の藩のように見ているわけではなく、半分直轄地扱いで見ている。

これはどうしてかというと、松前藩は日本の内地ではなく、北海道の藩で、直接に外国に接しているわけで、国防的見地からしても一番対外的に重要なところなんで、幕府が松前藩という小藩に全責任を負わせるわけにはいかない、幕府は絶えず情報を得て、責任者も派遣しておいて連絡を緊密にしておかなければいけないということになる。幕末になると実際、箱館奉行という役を作って幕府が乗り込んで来て半分直轄になるわけですが、ですから松前藩の重役たち、高級官僚たち、波響のような家老なども（普通の藩の各大名の家老は自分の藩の利害だけを考えればいいわけですけれども）日本的視野で物を考える、或いはもっと言うと、当時の国際的視野で物を考えるという風に教育もされ、自分もそうなっていく、そういう立場にあった人だということが分ってきました。

南蘋派の画家・性霊派の詩人

それで、彼の教養、どういう風な教育で彼が人格を作り上げていったか、ということを調べていくと、すぐ分ったのが、画家としては南蘋（なんぴん）派という流派を勉強したこと、それから詩人としては性霊（せいれい）派という流派の代表者の一人になったこと。

　南蘋派という流派は中国の沈南蘋（しんなんぴん）という画家が日本へ来て、そして日本で彼の流派が広まった。日本で当時非常にはやったわけですが、南蘋派の絵というものは、中国の絵の歴史の中でもおもしろいんですが、まだあまり研究が進んでいないんです。が、どうもマテオ・リッチがイタリーから中国へ持ち込んだ西洋画、陰影を使う遠近法、そういう西洋画の技法が南蘋派には入っている。そうしてその南蘋派が日本で発達している間に、長崎経由で入ってきたヨーロッパの絵画、ヨーロッパの当時のリアリズムの手法と溶け合いまして、南蘋派の中から完全にヨーロッパ風の絵を描く人も出てくる。あの有名な、日本での洋画の第一人者というか、最初の一人として有名な司馬江漢も絵の系統を考えますと実は南蘋派の出なんですね。

　それから、直接波響の先生だった宋紫石（そうしせき）という中国風の名前を持つ画家は、長崎で勉強したあと江戸へ帰って来て、彼のリアリズムを発展させて、例の『解体新書』、オランダ・西洋医学の『解体新書』を翻訳したグループと接近しまして、植物図鑑とか動物図鑑、そういう図鑑の図の製図家として仕事をするようになるんですね。画家というよりも非常に精確な科学的な製図家になる。だから南蘋派という絵画の流派の中にはそういう徹底したリアリズムというか、科学的な目と技術があるわけです。

　比較的近年に発見されたんですが、おもしろいことに、波響自身が少年時代というか青年時代の初期に江戸で、多分オランダだと思いますけれども、騎士というか王侯ですね、その騎馬図を何枚かデッサンで描いています。王侯騎馬図というのは、ヨーロッパから入ってきた世界地図、オランダなんかから来た世界地図の上方の欄外に、当時の、フランスだとアンリ四世とか、ロシアだとエカテリーナ二世とか、そうした王侯の騎馬図、着飾って馬に乗っている諸国の王侯の騎馬図が描かれていたんですが、それのことです。ボヘミアの王とかドイツの神聖ローマ帝国皇帝とか、イギリスのヘンリ三世とか、そういう王侯の騎馬図というものが当時流行していたんですが、それを波響が写しているんですね。

　ところが、美術の専門の人にその波響のデッサンを見てもらいますと、それは日本画の技法ではなくて筆使いがヨーロッパ式技法で写しているというんですね。ですから波響は少年時代にすでにヨーロッパ風の技法、というのは日本画とか東洋画というのは墨の濃い薄いを利用して物を描くんですが、濃い薄いを一切使わずに同じ濃さ、線も同じ太さでぐっと描く、いわばペンで描くように描く、そういうヨーロッパ風の技法で描いている。ということは、当時西洋のリアリズムの技法を青年時代とか少年時代から学んでいるということは、非常に普遍的な物の考え方、観察力を彼は持っていた、そういう流派に属していたということが言えるわけです。

これは彼の特性でも何でもないんで、彼の先生だった宋紫石もそうですし、その前の先生だった建部綾足（たけべあやたり）もそうですし、もっと言いますと、実は、（それまで鎖国でヨーロッパの文化に対して厳しかったのに）八代将軍吉宗という人が非常に開明的な君主だったんですね。それで彼自身がヨーロッパのものに非常に関心を持ちまして、側近の人たちにオランダ語を勉強させる。そして、非常に面白いんですが、吉宗将軍は江戸城の中に気象台を作りまして、自分で毎日気象観測をやって、天気予報をして、明日は晴とかなんとかやったんで、どうも吉宗将軍は日本の天気予報の先祖らしいんです。つまりそういう国際的な感覚の所有者だった。そして吉宗は絵も非常に好きで、南蘋派を日本に流入させた沈南蘋を日本に呼んだのも吉宗らしい。それから吉宗はオランダに絵を注文した。注文といいましても、具体的にこういう絵、例えばバラの絵とか、騎士が戦っている絵とか、どういう音楽を演奏している絵とか、絵のテーマを指定して絵を描いてもらう、それをオランダの商館を通して注文しているんですね。

それが日本に来ているはずで、その絵がどうなったか、私は調べていなくて分らないんですが、将軍の注文ですから一流の絵が来ているに違いない。もしかするとレンブラントも来ているかも分らないし、もっと言うとフェルメールの絵も来てないとも限らないと思うんですね。というのは、フェルメールはオランダの絵描き組合の会長をやっていたんですね。ところがフェルメールの絵というのはご承知のように今、世界に三十何枚しかないんで、あんなに絵の少ない画家はいないわけで、一枚発見されるごとに世界中大騒ぎになる。だからもし吉宗がフェルメールの絵を買っていて、今も日本のどこかにあるか、江戸城が維新の時に接収されたさいにどこかにいったか、ただ十五代将軍の徳川慶喜という人は油絵の画家でしたから、彼が自分で持って静岡に行ったかもしれないんですね。

そういうわけで江戸城の書庫というか美術館にはヨーロッパの絵も随分あったわけで、そういう書庫の管理に江戸の旗本松前氏は就任したりしておりますから、親戚の坊やが松前からやって来て絵をやるっていう場合に、それじゃ自分が管理している幕府の絵を見せてやろうか。そういうことで波響が江戸城へ連れていかれて、西洋の王侯騎馬図なんかも見せてもらって写した、なんていうことは大いにありうるんですね。

実は先程、波響の研究家の井上研一郎さんにお目にかかってすこしだけお話をうかがいました。最近私はその王侯騎馬図の現物、現物は版画ですから何十枚ってあったに違いないんですが、現物がどこにあるか、そして誰と誰を描いた絵なのか、知りたいと思っていまして、私の見当では一人は少なくともアンリ四世ではないかと思っています。私は前からそういう版画はパリのビブリオテーク・ナシオナル（国立図書館）に全部そろっていると聞いていまして、ある専門の方に波響のデッサンの写真をもっていってもらって、一夏調べてもらったんですが見つからなかったんです。

そうしましたら今日、井上さんに聞きましたら、ごく最近に東ドイツで美術館に入ったら、いきなりその版画があったんで驚いて写真にとってきた、これから調べて発表すれば非常に驚くべきことになる、どういう経路でそれが江戸までできたかということも、誰と誰の騎馬図であるかも分りますとのことでした。私も非常に興味がありますので、後で井上さんからゆっくり伺おうと思っているんですが、そういう時代に、波響は江戸で少年時代から青年時代の初期まで絵の勉強をしています。

彼は南蘋派の勉強をしていただけではなく、例の鈴木春信が初めてカラーの浮世絵を発明した、その同じ時代を生きていた。実に絢爛たるカラーの浮世絵が売り出されて江戸中で大流行していた。私は春信の浮世絵というのは日本の絵画史だけでなく精神史の上で、非常に重要なものではないかと思うんです。それは波響などと同一の精神によって描かれていると思います。

どういうことかと言いますと、つまり春信の絵にはラブシーンが多いわけですが、その絵のラブシーンを見ると、面白いことに、どっちが男でどっちが女か分らないんですね、一寸見ただけでは。ほとんど女性同士のレズビアンなんじゃないかと思うぐらい。つまり男が偉くて女は男に従うべしという思想で描かれているんじゃなくて、春信の中では男と女は平等なんですね。男と女が平等だという生活感覚があるからああいう絵が出来るわけで、そうでなければああいう絵は描けないわけです。ああいう絵が大流行している江戸で、一番感覚が鋭敏だった少年時代にああいう絵をしょっちゅう江戸の屋敷で見て、きれいだと感動したと思うんです。そういう中でつまり男女平等ということが感覚的に、哲学的というよりも、そういうことが自然に慣れになって育つということは大変なことです。

それからもうひとつ、彼の属した「性霊派」というものですが、この流派の代表はご承知のように中国地方の菅茶山という詩人で、その人の非常に詳しい伝記を富士川英郎さんが最近初めて書いてくださいました。

　江戸では、松平定信が朱子学以外の学問はやってはいかん、朱子学以外の儒学をやった人間は官吏に採用しないという、〝異学の禁〟というものを出して、その時に昌平黌の教官だった市河寛斎、彼は古学者で朱子学者ではなかったものですから辞表を出さされたんです。その市河寛斎が浪人して、江戸で性霊派の美学で詩を書き出すと、たちまち彼のまわりに大窪詩仏とか菊池五山、柏木如亭といった当時の一流の若い天才詩人たちが集まる。

　性霊派というのは非常におもしろい流派でした。それまで漢詩、中国の詩というのは古典にのっとって、古典の言葉を使って、いわば古典のパロディみたいなものを学問として書くのが詩だったのですが、これが清、波響の時代はちょうど清朝ですが、清の時代になりますと、袁枚（えんばい）という詩人がでてきました。袁枚という人は面白い人で、三階だか四階建のステンドグラスの家を作って、そこで暮していたようです、外から丸見えだったと思うんですけれども。そしてお弟子を女性ばっかり取って、何十人というガールフレンドを持って、そのガールフレンドたちの詩を集めて詩集を作った。それがたちまち日本に入って、大窪詩仏がそれに返り点、送り仮名をつけて江戸で出版すると、これがベストセラーになったんです。そもそも袁枚という人が始めた性霊派というのは古典を真似して書くのではなく、自分個人の感情をうたおうという流派なんですね。

　個人の感情をうたうというのは大変なことで、江戸の性霊派の代表だった市河寛斎の詩を読むと分りますけれども、彼はつまりマイホーム主義で、家庭の平和とか家族と別れて自分だけ就職して任地へ行った悲しさとかを書く。つまりそれまでの漢詩というのは天下国家を論ずるんだけれども、彼の詩はぜんぜん天下国家を論じない、自分のお嬢さんがお客が来たらすだれの蔭からのぞいたとか、そういう全く個人的な詩を書く。

　彼のお弟子の大窪詩仏の詩はどうかというと、奥さんが亡くなったのに、女中さんの名前を呼ぼうとすると亡くなった奥さんの名前が出てくるとか、そういう詩があったりする。それから、夜、旅行して寝ていたら夢に奥さんが出てきたんで、奥さんをつかまえて、お前が先に死んでしまうから娘やなんかの世話をしなければならないんで、お前の責任だ、と奥さんに愚痴を言う詩だとかもある。それまでは、天地自然をうたうとか、天下国家をうたうのが漢詩だったのが、そうではなく、全くの現代の詩で、非常に個人的な、私小説家の小説のような詩を作るようになった、それが性霊派なんです。

ということは、完全に個人的な詩をつくるということは個人主義者ということなんで、個人主義的な人生観を持っている人が普遍的なものを考えることが出来るわけです。天下国家というとどうしてもある立場をとるわけでしょう、政治的に。完全に個人的になるとある立場から解放されるから、逆に世界的にものを見ることが出来るようになる。そういう育ち方をしているわけです、波響という人は。ですから、『夷酋列像』というアイヌの指導者たちの絵が私の目には非常に人間の尊厳を描いているように見える。技術的に言いますと、それ以前の絵に比べて非常に近代的、科学的なリアリズムの、解剖学的に正確な絵だということになるし、哲学的にいうと、非常にヒューマニストだという感じがするわけです。

『蠣崎波響の生涯』への批判について

ただ、ここで問題が出てきました。私が『蠣崎波響の生涯』という本を書いた時に批判がいろいろ出てきたわけです。ある人からは、そんなことをいっても、波響は人間性の尊厳とか、アイヌ人と内地人の人種差別のない平等主義だといっても、松前藩というのは要するに北海道のアイヌ人を統治するための藩である、そうすると植民地官僚である。植民地官僚の立場は、イギリスのインド統治の官僚や軍人がインド人との間で平等の関係を持ち得ないのと同じように、アイヌ人との間で平等な関係は持ち得ない。つまり彼の人格は植民地官僚として規定すべきである、という批判が出てきた。これは私はかなり無理な議論ではないか、つまり波響という人のやった主な仕事は、松前藩と幕府との関係の調整であって、しかも松前藩は各地からの商人に北海道の各地の漁場の権利を貸して、その収入で藩を運営するという間接統治のようになっているので、波響をそういう風に批判するのは、波響という人に対して、今まで私の言ってきた普遍人という立場を否定するには弱いのではないか、事実に則らない大雑把な解釈じゃないかと思います。

それからある人が、これはアイヌ方面の専門の研究者の方ですが、あの『夷酋列像』のアイヌの指導者たちの名前に関して、当時はみんな漢文で書くのが常識だった、もともとアイヌには字がないわけだから漢語をあてはめて書く、その漢字が非常に侮辱的な漢字だから波響はアイヌ人を侮辱してたんではないか、と批判しているんです。しかし、あの名前は波響が勝手に字を選んだんじゃなくて、松前藩の公文書に初めから書かれている。公文書に書かれていると言ったって、それは当時の中国の漢学の方で、中国人以外の人、つまり異民族の中国古典語以外の固有名詞を表現する習慣、漢語を仮名のように使う習慣、そういう時にどういう文字、単語を使うかということに関する習慣がありました。例えば「耶馬台国」なんていうと、今ではその習慣が正確には分らなくなっているので、あれは何て発音したかと揉めるわけです。つまり、そういう習慣があって、中国の習慣では異民族については、中国と外国との関係は平等ではなく、中国帝国へ臣下として来る、だから日本から行くと日本の王が中国の皇帝のところに来て中国の皇帝の部下になるという、そういう風に考える習慣があった。だから、例えば「和人」と書く時に日本では平和の「和」を使うのに、漢語で書く時はニンベンに委せると書く、あれは「小人」という意味でしょう。何か馬鹿にしたような字を使うのが中国の帝国主義の伝統的な習慣で、それは非常に古い時代からそうなんで、何も波響が自分で発明して侮辱したわけではない。だいいち、あの漢字をあてはめたのは波響ではないんで、だからあの漢字のあてはめ方を見て、波響が当時のアイヌの指導者を侮辱したというのは、議論としてはちょっと乱暴だと思います。

　もうひとつ、あの絵の人物は上目づかいをしている、上目づかいは身分の低い人が上の人を見る時にするわけだから、波響はやっぱりあの人たちを被征服民族として描いたんだ、と言っておられるんだけれども、しかし、全部が上目づかいをしているわけではないんですね。つまり獲物を狙っている人は狙っている方を見るわけだし、それに、これは不思議なんですけれども、批判した方は美術の専門の方なんですが、日本の絵の歴史で上目づかいのことを考えてみますと、すぐ出てくるのは例の有名な聖徳太子の肖像で、聖徳太子の左側に立っている少年がだいいち上目づかいをしていますよね。それから藤原隆信のかいた源頼朝像か平重盛像か、両方ともそうかな、上目づかいをしているし、足利将軍の肖像というのも全部、将軍は上目づかいをしています。それから近代でも渡辺華山の肖像画は上目づかいの人が多い。どうも見てますと、恨んで人を見る時に上目づかいをするというのはあるけれども、そうではなくて、将軍とか、貴族とか、ちゃんとした身分のある貴人が威儀を正して、正装をしてきちんと座った時の目の据え方というのは、日本では、或いは中国でもそうかもしれませんが、顎を引いて上目づかいをするのが正式なんではないか。例えば達磨（だるま）さんの絵は全部上目づかいなんで、達磨さんが何もひがんでいるわけではないと思います。ですから、あの『夷酋列像』のアイヌの指導者たちが、松前藩の殿様なり、藩の兵隊なりを怖がって、上目づかいでビクビクしていると考えるのは考え過ぎではないか。

　それからもうひとつ、逆に着物を合わせて描いてあるんですけれども、それも中国の伝統からすると、そういう風にするのは異民族というか、漢民族ではないということで、軽蔑の証拠で、そういう風に描いたのは波響がやっぱりアイヌを馬鹿にしてたのではないか、と批判されるんですけれど、これは実際にモデルがそういう風に着てたんだと思うんですね。これは他のたくさんあるいろんなアイヌ絵を見ましても、みんなちゃんとしたものを着る時にはそういう風にしているので、風俗が違うだけで、モデルを正確に写したのだと思います。波響が描く時に、普通に着ていたのをわざわざ逆に着させてモデルを写したと考えるのはいかにも強引で、私はやっぱり波響が侮辱したという風に考えるのは考え過ぎじゃないかと思うんですね。

こうした批判も結局は、松前藩の家老というのは植民地官僚なのだから平等ではないという考えに基づいていると思うんですが、こうした批判を押し進めますと、当時の内地人で、そういう批判を満足させる日本人はどういう日本人かということになります。いわゆるアイヌの反乱、幕府はアイヌが反乱したと言ったわけですが、その時のアイヌの蜂起に日本人が参加しているわけです。参加している日本人の中には、アイヌの指導者の娘さんを奥さんにしたりして、向こうに入って、向こうで作戦を立てたりして松前藩に戦争を仕掛けたりしている人がいるんですね。つまりこっちから向こうの陣営、アイヌの方に入ってアイヌ人になって、内地人に対して、直接には松前藩に対して戦争を仕掛けてきた人たちだけが平等論者だと言えるということになるわけです。そういう人たちの伝記は分っていないけれども、何人かの名前は分っています。そういう人たちは少数派で、どういう動機かよく分りません。伝えられているのはこっち側の資料だけですから公平ではないかも分らないけれども、大体が非常なあぶれ者で野心家で、アイヌを扇動して松前藩を倒して、自分たちがうまいことをしようとしていたんだという風に書かれている。それは藩の側の資料で、本当はどういうことか分りません。そういう少数の人、伝記をこれから再現することも不可能かもしれませんけれども、そういう人たち以外は日本人は全部駄目だということになってしまう。

そうすると、こういう議論に持ってゆきますと、インドを植民地にしていたヴィクトリア朝時代のイギリス人は全部加害者であって、人間的には非平等論者であるという非常に大雑把な議論になってしまって非生産的ではないか。それよりも私のように、波響の中のそういうこれまで述べてきたような部分、どこまで自覚的か、どこまで考え方が萌芽の状態であったか分らないけれども、そちらを強く評価した方がいいんじゃないかと思うわけです。それでそういう風にして私は波響を政治家、それから画家、それから詩人という風にそれぞれの業績を分る限り追求して、現物にもあたってやっていったわけです。

私の波響像――芸術性と政治力の調和

そうすると、その次には、それでは一人の人間が同時に政治家であり詩人であるということ、詩人と画家は一緒にして芸術家と言ってもいいけれども、政治家であり芸術家であるということはどういうことかという問題が当然でてくるんですね。つまり分裂的なのか、和解的なのかということなんですが、私は波響について書き始める初めからこのことが疑問で、何とかしてこの問題を解いてやろうと思っていろいろ調べながら書き進めていたんですが、でき上ったものは結局私の仮説です、これは。どうして仮説かと言うと、今のところ、実証に役立つような波響の手紙とか日記とか回想録とかが世に出ていないんですね。あれば非常にいいんですが。波響の詩何百首かは残っておりまして、自然の詩もあったり官能的な詩もいろいろあり、彼の絵もそうなんですが、女性の魅力に対して非常に敏感な人だということは分っております。彼の美人画は実に官能的ですし、詩の中にも非常にエロティックな詩がたくさんある。だから非常に官能的で、やっぱり鈴木春信の同時代人だなと思います。

つまり儒教に縛られずに官能を人間性の自然に従って解放した、性の解放を実践した人だと思います。これは別に驚くべきことではなく、当時の知識人の非常に多くが、そういうふうに性的に自由で、官能を解放し、それを表現しておりました。むしろ明治時代、明治維新以後の日本人の方が性的問題に羞恥心が強まった。検閲も厳しくなって、性に対する表現が非常に制限されるようになったわけです。だから波響が特に官能的とも言えないかもしれませんけれども、女性の魅力を詩の中でうたったり、絵の中で描いたりしているものの特徴からはやはり、波響という人が生まれながらの貴族の環境にあったということが分ります。

当時から波響という人は公子、プリンス、波響公子とか松前公子とか呼ばれて、知識人たちから特別にプリンス扱いされていたわけで、余程上品な人だったようです。実際上、松前の藩主というのは、代々京都のお公家さんから奥方を迎えていたので、血液的には京都のお公家さんとほとんど同じなんで、宮廷貴族の血が非常に濃い、だから非常に貴族的な感覚なんですね。

そして貴族的であると同時に非常に繊細、デリケートなんですね。だから絵を見ますと実に細かい観察があるし、それから動物なんかの表現が実にユーモアにあふれている。ユーモアの感覚というのは文化的なもので、笑いを知っているということはその人が文化人の証拠だと言われています。だから非常に文化的で、神経が繊細で、そして官能的。しかし、こうした性格、性向は政治をやるには必ずしも適していないわけで、彼が政治をやったのは松前の藩主の一族だという誇りと、それから藩主の一族で藩士を生活させなければならないという貴族的責任感があったからだろうと思います。責任感が強いからやるにはやったけれども、性格的に行政官に適していたかどうか、それはわかりません。つまり行政官なり政治家なりには、場合によっては平然と冷酷になったりすることが必要なわけですが、そういう面が欠けていた人ではないかと思いますね。

彼が非常に貴族的だったということでおもしろいのは、ヨーロッパの貴族でもそうですけれども、非常に身分の高い貴族というのは実は非常に平民的なんですね。成上りの人は非常に威張るんだけれども、古くからの貴族というものは、民衆と喜びや悲しみを共にする。波響の絵に奥州梁川（やながわ）に移ってから描いた風俗画があるんですが、その中でも農民とか労働者を採り上げていて、非常に自然にそういう人たちの中に溶け込んで描いている、平民生まれの画家よりもうまくとらえている。つまり、彼が貴族であったからこそ平民的なものが自然に描けたんだという逆説的なことも分ります。だから政治家としては、そういう意味では人の気持が実によく分ったし、理解が深かったし、いろいろな訴えや何かに対しても同情があった。上司としては非常に信頼できた上司ではないか

中村真一郎手帖　第十六号（2021.6）

中村真一郎と三島由紀夫

ドミニク・パルメさんに聞く　聞き手＝井上隆史
円周上のふたり　井上隆史
中村真一郎と三島由紀夫　鈴木貞美

＊

戦争体験の意味　池内輝雄
『死の影の下に』の覚悟　近藤圭一
「空に消える雪」を朗読して　松岡みどり
中村真一郎の「薔薇」を追って　朝比奈美知子
ネルヴァル『幻想詩篇』からの創造　田口亜紀
『時のなかへの旅』の試み　渡邊啓史
『夏』再読　小林宣之
『頼山陽とその時代』をめぐる旅　木村妙子
『木村蒹葭堂のサロン』を読む　大藤敏行

＊

翻訳家・中村真一郎　三枝大修

＊

コロナ禍を逆手に取る　山崎吉朗
チリメン本のこと　山村光久
疫病禍のなかで　松岡みどり

＊

ピュア、シンプル、コンパッシオン　小山正見

と思いますね。

ただ彼のお兄さんが非常に空想的な野心家だった。藩主、殿様だったんですけれども、ロシアのロマノフ王家のお嬢さんと結婚して、函館の港にロシアの艦隊を集結させて日本を占領して自分が将軍になる、そして天皇をカムチャッカに移して、日本の首府をカムチャッカに持っていく、そして自分は中国に攻め込んで北京に行って全東洋を占領する、そして西洋はイギリスに任せて東洋は日本が全部いただくとか、非常に気宇壮大な人だったんですが、空想的な野心家だった。そのロマノフ王家と結んで北海道を日本から独立させるという計画が、どこまで具体的であったかは、現在では文献的にはどうもあてにならないようですが、そうした動きをとにかく波響が阻止したことは確かなんですね。

そのためにお兄さんとの間は非常にまずくなった。波響は幕府に働きかけて、お兄さんを江戸に出頭させて江戸の屋敷に監禁する。お兄さんは何十年間か江戸の屋敷に監禁されたまま死んでいく。だから結局、波響は幕府の圧力で松前藩をつぶしたようなところがあって、後で運動してもう一遍松前藩を再建するわけですが、そういうところはかなり、なんと言いますか、野心的冒険家ではないけれども、実力のある能吏的な官僚としての計算と手腕がどうもあったんじゃないか。だからただのお公家さんでなよなよしていた人ではない。なかなか大した人だった。そして、だから彼は政治と芸術を両方やれるだけの力を持っていたんじゃないか。

私はふと思ったんですが、近代で政治と芸術、政治というか官僚と芸術の両方をこなした人というと森鷗外ですね。だからもしかすると波響という人は森鷗外のような人ではなかったか、非常に勤勉で感覚が鋭敏でしかし非常に地道なところがあってしっかりしていた、そういう貴重な人材だったのではないか。そういうあたりで、波響という人の人格は分裂的ではなく私の中ではまとまって見えている、といったところが現在のところの私の一応の結論なんです。

ただ、これからいろいろ、特に文献的資料が出てくると私の波響像というものもどうなっていくか分りません。それは私よりももっと若い人の将来の研究に任せようと思ってますけれど、今のところ私の中の波響像というのはだいたいこういったところです。私のお話はこれくらいで。

＊本稿は、一九九〇年七月十五日、北海道庁赤れんが庁舎で開催された道立文書館開館五周年記念講演の記録に補筆の上、『北海道立文書館研究紀要』六号（一九九一年三月刊）に収録されたものの再録です。（編集部）

✤中村真一郎を読む

中村真一郎が拒絶した頼山陽の一面

「かぶき者」の伝統と私小説

助川幸逸郎

はじめに

本誌前号においてわたしは、中村真一郎をカズオ・イシグロと比較した(1)。中村作品において、自我は確固たる輪郭をもたない。それは容易に他者とかさなりあい、編みかえられる。こうした中村的「私」は、こんにちの分断された社会から脱出する鍵をひめる。前号でわたしは、以上のように論じた。

本稿では、前号でしめした中村の可能性をさらに掘りさげる。彼の頼山陽評伝は、『四季』四部作とならぶ「中村山脈」の高峰である。ここにおいても中村は、山陽とみずからをかさね、自我を編みかえる。このとき山陽の側に、中村に吸収されなかった剰余がのこる。中村が山陽からうけとらなかったもの。これをみさだめることで、中村が日本文学史の何を革めようとしたのか把握する。そこにねらいを据えて、今回は稿をすすめていきたい。

『頼山陽とその時代』の方法

頼山陽伝を著そうとこころざす。そのきっかけは中村の場合、自身のノイローゼ体験にあった。主治医は中村に、「精神に動揺をもたらさない対象」への没入をすすめた。これをうけて中村は、山陽にかんする記録類と、この江戸の文人がのこした作を読みふけった。

〔……〕彼の両親、春水及び梅颸夫人の日記と、山陽自身の書簡、また一族の者の記録などから、彼の二十歳の脱藩前後の矛盾に富んだ行跡が、その神経障害によることが明白になっており、それがその時期、私自身がおちいっていた病状と余りにも酷似していたために〔……〕、その心理的な経験からして、江戸後期のこの志士的学者の肩肘張った作品という印象で、従来、毛嫌いしていた『日本外史』に対しても、背景に著者の神経症を想定して読み返した時、全く異った、人間的なものとして見えてきたのだった。

　面白いことには、そのように『日本外史』が新しい面貌をもって、私の前に姿を現して来た時、私の耳もとには、中学生時代、漢文の副読本を読み悩んでいる私に向って、台所に立ったままで、祖母がまことに愉しげに暗誦して聞かせてくれた『外史』の、足利尊氏についての章の、朗々とした、彼女自身の幼時の素読の時間の記憶に彩られた、新鮮で艶美な調子が、懐かしくも甦って来たのだった。

　そして、私は『外史』初稿執筆時における山陽の、それが病気の原因となった、強烈なマザー・コンプレックスの原体験を、その祖母の暗誦の声の立ち返りのなかに、鮮やかに感じとっていた。

　主治医は当時の私の病状を「精神的離乳期の絶望的遅れ」と診断していたが、私は山陽もまた同病であることを直観し、彼の仕事が判ったと思った。(2)


山陽に対する中村のかかわりかたは、右の引用文のなかにはっきりあらわれている。「同病」であることをフックに、まずみずからを山陽にかさねる。すると中村のなかに、『日本外史』を朗誦する祖母の声がよみがえる。そこからさらに中村は、山陽のなかにひそむマザー・コンプレックスをみつけだす――山陽と自己の接続によって、自己の側に変容がおこる。その変容をつうじて、こんどは山陽の隠れていた一面が浮上する。ここに語られているのは、そうした相互作用である。

山陽と出会うことで中村は何を経験したか。このことは、いちだんと昇華されたかたちで『冬』にも描かれている。

　そうして私は江戸後期の儒者や漢詩人たちの著書をいつの間にか数千部も読みつくしていたのだったが、そのようにして古い木版本の匂いに包まれながら病後の身を養っていた私は、次第に周囲に現代とは別の十八世紀末から十九世紀にかけての江戸の文明の雰囲気が、その日常生活からはじめて人々の心のひだの奥までも微細に目に見えながら走馬燈のように回転しはじめるのを感じるようになって行った。私は病後出不精になり現代の空気に触れることも疏かになっていたために、一日中立て籠っている書斎のなかで寛政から化政天保あるいは嘉永安政頃の男女の知識人と会話を交わしながら生きているような錯覚に捉えられて云った。〔……〕

その時、私は自分が近代的個人という孤立した人格だけでは生きて行かれないのではないか、私が人生半ばにして倒れて一時はF博士の病院の鉄格子の一室に幽閉されるまでになった直接の原因はM女の不慮の死であったにせよ、その彼女の死を導き出した長い道程を用意したのも私たちの近代個人主義のけわしい生き方なのではなかろうか、と漠然とながら考えるようになって行った。

私がその時味わっている江戸文明のなかでの心の安らぎを、それを日本的な人文主義の恩沢と名づけていいのではないか、と或る時思い付いたのが、私が自分を包んでいるその貴重な雰囲気をそれまで何年間も読んで来た無数の漢詩文を縦横に引用しながらその文明のなかに生きた人々の生まの声そのものの交響のなかから再現させる大きな著述に取りかかろう、と心に決める動機となったのだった。(3)

過去の人物たちと自己をかさねあわせ、これを編みかえる。そのいとなみによって「近代的個人」という檻から脱出する。この筋みちを、中村は自覚的にたどろうとした。

自己が「近代的個人」であるかぎり、現代社会における分断は克服できない――わたしが前号で指摘したところである。この行きづまりにどのように対処するか。その具体的なヴィジョンを、中村は明確な意図をもって提示していた。『冬』の刊行は、いまからちょうど四十年まえである。中村はやはり、「はやく来すぎた作家」というほかはない。

山陽から中村がうけとらなかったもの

ただし、中村の山陽観は万人に支持されているわけではない。濱野靖一郎はいう。

例えば、中村真一郎や前田愛の研究は、山陽を「文人」とのみ規定し、彼の政治理論を取り上げようとしない。自分自身が文人であり文学研究者であった中村や前田の立場からすれば、それはやむをえないのかもしれない。しかし、経世家を以て自負し、それにふさわしい政治理論を作り上げた山陽を研究するのに、自分が政治学に無知だからといってその面を黙殺するのは、許されざることである[4]。

激烈な批判である。正確にいうなら、中村も山陽の政治論を無視しているわけではない。まな板にのせたうえで、手きびしい評価をくだしているのである。山陽が政策論を展開した『通義』について、中村はつぎのようにのべる。

私も『外史』の項で指摘したように、山陽は心情的に革命家を鼓舞するにとどまり、それ以上の権力奪取のための方策は所有していなかったのだろうと思う。〔……〕〔『通義』の〕諸々の議論の内容そのものに至っては、或るものは空想的に過ぎ、或るものは余りに常識的であり、或るものはまったく独創性を欠くという感想が、今日の私たちには起こらざるを得ないのは、奇妙なことである。

山陽自身、この『通義』が現実政治のなかで、どれだけ有効な実用性を持ち得ると考えていたのだろうか。もし真面目に、これらの論文が役立つと考えていたとすれば、彼は極めて偏狭で独善的な精神の所有者であったということになる。またもし、こうした文章を書くことが、古代の中国の文人に倣った文学的行為であって、文章の錬磨そのものに快感を感じていたのだったら、彼は政論家というより文章家だということになる[5]。

中村の描く山陽は、どこまでも「文学のひと」にとどまる。山陽は、彼の三男であった鴨崖のごとき「実行家」ではない。そう中村は強調する[6]。そればかりではない。言論をとおして政治をうごかすポリシー・メーカー。山陽のこちらの能力についても中村は否定する。その疑念は判然と、右の引用箇所に打ちだされている。

『通義』における山陽の「迷妄」。これをあげつらうのは中村ひとりではない。徳富蘇峰以来、むしろそうした評価は定説化している。とはいえ、野口武彦のつぎのような発言は目をとめるにたる。「が、なぜひとは、わが国歴史過程の政治力学的分析にさしも明敏であった山陽が、同時代を対象とする政論書においてはかくも非現実的にならざるをえなかった理由を問おうとしなかったのか[7]」。

あれほど山陽に共鳴する中村が、『通義』にはらまれた不備の理由を問わない。蘇峰は「実務家」をもって任じていた。そういうタイプが、山陽を「書斎人」とみなし軽んじる。この構図は図式としてわかりやすい。中村の場合は蘇峰とちがう。中村自身、「文学のひと」なのである。その彼が、山陽の「文学からはみ出る部分」を一刀両断にした。

のちにみるように、中村のなかで「政治」と「暴力」はつながっている。この両者を、中村は常人よりもはるかにつよくおそれる。柔軟にして脆い彼の「私」。それをこのふたつはおびやかすと感じていたからである。

いっぽう山陽は、「物書き」として売れることをのぞんでいた（この事実には中村も着目している[8]）。それを果たすには、あるタイプのエモーションに訴えることが不可欠だった。このとき、山陽が相手にしなければならなかったもの。中村にとって、それこそが不倶戴天の敵なのだった。筆を執る山陽が見すえていたターゲット。その正体をつぎに探っていく。

「かぶき者」から「勤王の志士」へ

以下にしるす私見は、まだ仮説の段階にある。それでも敢えて、ここにのべることにしたい。中村の文業を理解する鍵となると考えるからである。

江戸時代の初期、「かぶき者」と呼ばれる人びとがいた。仲間のためにはからだを張り、平気で命を捨てる。常識に縛られること、安楽に暮らすことを憎み、奇矯な振るまいにおよぶ。「かぶき者」のこうした生きざまは、ひろく共感をあつめた。その中核は下級武士だったが、これにならう町人も多かった。赤穂事件も、「かぶき者」精神の発露だとされる。

心中は、もとは男と男の間の愛の絆に基づく誓いの意味であり、小姓の殉死はこの心中の証である。これが男と女のものになるには少し時間が必要であった。

しかし、愛ゆえに命を捨てるという行動は、十七世紀を風靡した「かぶき者」的心性、すなわち人間の心情的な繋がりが何よりも尊重され、そうした人間としてのあり方、すなわち体面を守るためには平気で命を捨てるという気風のなせるものであったと思われる。

こうしてみると、軟派の極にあると思われる心中が、意外に殉死と近い関係にあることが理解できよう。近松門左衛門が描く心中物には、心中する者の体面意識がはっきりと顔を出している。これらふたつの事柄は、体制的なものへの反抗であり、社会秩序よりも個人の体面に重きを置くところに共通点がある。そしてそれを繋ぐものは「かぶき者」的心性であった。

そして、赤穂事件もまた、「かぶき者」的心性やその表現である武士の「一分」を守るという対面意識からは離れては理解できない。仇討ちする心理も、殉死や心中と非常に近い関係にあった。主君切腹の知らせを聞いた時、赤穂藩士の間で議論されたのは、籠城して主君と心中するか、墓前で追腹を切るかの選択であった。これが端的に事態の本質を示している。しかし仇討ちが義務となり、殉死者の心情が理解できない時代になるにつれ、赤穂事件は「忠臣蔵」という文脈で賞賛されるようになるのである[9]。

江戸幕府が成立し、いくさはもはや起こらなくなった。「戦闘員」だった下級武士は、日常の業務に縛りつけられる。この変化になじめない層から「かぶき者」は生まれた。幕府としては当然、これをのさばらせるわけにはいかない。執拗な弾圧がおこなわれ、赤穂事件のころを最後に「かぶき者」は姿を消す。

ここから先がわたしの仮説である。「かぶき者」は絶滅しても、「かぶき者」の心性は隠れてくすぶりつづけた。そしてそれはよそおいを変え、いま一度、目にみえるところに現れる。転生をとげた「かぶき者」。「勤王の志士」がその呼び名であった。

身はたとひ武蔵の野辺に朽ぬとも留め置かまし大和魂

吉田松陰が刑死の前日に詠んだ歌である。「朽つ」と「魂」。この二語は、青山英正によると、「かなわぬ恋」を題とする歌に好んでつかわれる。青山はさらにいう。「つまり、右の松陰の辞世歌は、自らの生が志半ばに空しく終わろうとしている事態と、死してなお国に尽くそうという忠誠心とを、恋歌によく用いられる語彙と発想によって表現していることになる。いわば、国家への奉仕が一対一の恋に置き換えられ、その決意が主情的に謳われているのである[10]」。

「恋」と化した「忠義の思い」。これは殉死におもむく「かぶき者」の心情と同型である。そして、松陰とおなじく「恋=忠義」に命を賭す志士が、『日本外史』を熱愛した。志士たちにひそむ「かぶき者」の精神。『外史』はそこを揺さぶったのだ。

山陽が、どこまで事態を把握していたかはわからない。ただし——「かぶき者」のながれをくむメンタリティ。これにはたらきかけなければ自著はいきわたらない。この事実は理解していたろう。

このように考えると、『通義』の「非合理」が何に由来するかもみえてくる。たとえば、国防のための大鑑や砲台は不要だと『通義』はいう。これらをつくる国力はわが邦になく、つくったとしても操作する人員にとぼしい。いっぽう、日本の海は遠浅であり、外国の巨艦は沿岸にちかづけない。小舟で敵艦にせまり、白兵戦を挑めば、これを制圧することもできるはずだ——こうした『通義』の言いぶんを、「ナンセンス」と批判するのはたやすい。が、「かぶき者」の末裔たちは、命しらずを身上とする。ここでの議論を、彼らはどのようにうけとめただろうか。「ならば、外国船をのっとってやる」といさみたったのではないか。

山陽は、「かぶき者」的心性を無視しては著述をおこなえなかった。それゆえ、合理性という点からみた場合、彼の思想にはゆがみがでた。[11] わたしはそうかんがえる。そして、この「かぶき者」の伝統は、中村にとって何重もの意味で大敵であった。

「志士の精神」と私小説作家

すでにのべたとおり、中村は「政治」と「暴力」を同一視し、おそれていた。彼はいう。

ところで、生活人としての私にとって、権力の側の保守政治は、幼児の頃からの私に対して嘲弄的に働き、私の境遇に悪戯を行って飽きないように見えたし、また危険な進歩的陣営の半ば地下的な運動は、身辺の者をも巻きこんで恐怖を与えた。いずれにせよ、政治は何度も私の幼い家庭生活を脅かし、戦争中は、私が二十歳になるのを待ちかねたというように、直接に私自身を追求するものとして、無力な私を取り巻いたのである。

かくて、私とっては、政治は、大いなる冗談か、恐るべき怪物かということになった。[12]

中村の『秋』に、「戦後の混乱」と題する章がある。あらたに樹立された東欧某国の建国パーティーに語り手は招かれる。宴がおわり、某国の大使館員たちは礼服を脱いだ。つづいてシャツの袖をめくると、どの腕からも烙印があらわれる。ナチスによって収容所に入れられていた痕跡であった。これをまのあたりにして、語り手は胸をひきつらせる。このすこしまえ、彼は「政治の論理」を押しつけられる苦い体験をした。多数の利益を生むためなら少数の犠牲はいとわない。それが「政治」であるのに、おまえはその点をみようとしない。そんなふうに知人から愚弄されたのである。

有無をいわさぬ力で個人を押しつぶす。『秋』をひもとくと、それが中村の「政治」のイメージであるとわかる。そのように「政治」が映るのであれば、そこから遠ざかりたくなるのも当然だろう。「私」を囲う外壁が、中村のようにうすい人間ならなおさらだ。「政治」を語る山陽に彼が冷淡なのもしかたがない。

中村が、『通義』の山陽に共鳴をこばむ理由はそれのみではない。正宗白鳥は、田山花袋の『蒲団』を評してつぎのようにいう。

> 今読んだら稚拙凡庸の作と思われるだろうが、『蒲団』は、何といっても、明治文学史上の画期的の小説でもあるのだ。〔……〕「僕は昔から比較的正直に世間に生きて来た。誠実を失わずにやって来た。言わば丸はだかで刀槍の林立する中を通って来た」と、『恋の殿堂』の、宗教陶酔時分にいっている。文学の上の氏の革命態度は、氏自身の作品を根本から異なったものにはなし得なかったが、他の文学者に及ぼした影響は甚大であった。花袋流の自然主義が流行して文壇を賑わしたのだ。賛成者でも反対者でも、盛んに自分自身の『蒲団』を書きだし、自分の恋愛沙汰色慾煩悶を蔽うところなく直写するのが、文学の本道である如く思われていた。[13]

『蒲団』は、作者の「捨身の覚悟」ゆえに評価されたのだった。技巧の巧緻や、そこに盛られた思想の深さが敬服されたわけではない。花袋当人も、「丸はだかで刀槍の林立する中を通って来た」ことを誇っている。こうした花袋のありようは、まるで「かぶき者」か「勤王の志士」ではないか。「かぶき者」の「殉死」。あるいは、天皇に対する志士たちの「恋闕」。これらにおいて、「大義への挺身」と「恋」がむすびつく。この伝統に花袋はのった。「文学へのこころざし」と「身を捨てて恋を告白すること」。『蒲団』において花袋はふたつをつなぎあわせた。結果、いっときとはいいながら、彼は文壇の覇王となった。[14]

生身の作者のありようを賭け金にする。そうしたタイプの小説に、中村は終始批判的だった。[15] みずからがもっとも斥けたいとかんがえる文学。『蒲団』はまさにこれにあたり、その背景に「かぶき者」の心性がある。山陽はみずからの著作のなかで、この心性にうったえようとした。『外史』はあくまで史実を語る。山陽みずからの思想は、『通義』において鮮明に打ちだされた。ゆえに「かぶき者」によりそうかまえは、『通義』のほうでいっそう露骨になった。このことは、『蒲団』のような「捨て身を売りにする小説」の肯定につながる。中村はこの事実を、直観的にかぎあてていた。『通義』の山陽に共感しない。これは中村にとって、必然の選択だったのである。

むすびにかえて

「政治」を論じる山陽に対する、中村の冷淡さ。本稿ではそれを、中村の「私小説批判」とつなげて考察してみた。世界中のだれにとっても、みずからの命と身体はただひとつだ。そのような「私」の唯一性を、中村作品は解体する。中村ワールドの「私」は、私小説におけるそれの対極にある。そうした中村的「私」がひらく可能性。じっさいに作品に即きながら、これをさらに追いもとめていく。このいとなみに、現代社会における分断をこえるべくわたしたちはおもむかねばならない。本稿では、それを成就させるための基盤づくりに挑んでみた。

【注】

（1）　助川幸逸郎「カズオ・イシグロに「来るべき小説家」としての中村真一郎」をまなぶ」（『中村真一郎手帖』十八号、二〇二三年）。

（2）　中村真一郎『頼山陽とその時代』を例に」（『文学としての評伝』新潮社、一九九二年）。

（3）　中村真一郎『冬』（新潮社、一九八四年）。

（4）　濱野靖一郎「序章　頼山陽とは何者なのか」（『頼山陽の思想――日本における政治学の誕生』東京大学出版会、二〇一四年）。

（5）　中村真一郎「四　『新策』と『通義』」（『頼山陽とその時代　下』ちくま学芸文庫、二〇一七年、初版一九七一年）。

（6）　たとえば中村はつぎのようにいう。「山陽の硬派の弟子たちは、病弱で気の優しい文案〔山陽の次男――引用者注〕が後藤松陰を中心とする軟派の弟子たちに取り巻かれて、山陽

中村真一郎手帖　第十五号（2020.4）

「ゆき来する人」　堀江敏幸
中村真一郎と富士川英郎　富士川義之
西洋詩と江戸漢詩を繋ぐもの　富士川英郎×中村真一郎
＊
中村真一郎と柏木如亭　揖斐高
中村真一郎が見た三好達治（Ⅰ）　國中治
＊
反私小説作家・中村真一郎　前島良雄
戦争と向き合った中村先生　三島利徳
＊
中村真一郎初期短編集Ⅱ　編・解題＝安西晋二
＊
中村真一郎の会　近況／短信／趣意書／会則

の遺稿の整理などにかまけ、山陽自身の意志の宣揚をないがしろにしていると歯がゆがっていたわけだろう。だから青年時代の山陽の再来ともいうべき鴨崖が帰京したのを喜び迎えたに違いない。しかし晩年の山陽は、祭酒林述斎とか執政松平定信とかに積極的に接近を計って、体制内の人間として一生の上(あが)り方の工夫をしていたし、恐らく彼の最後の希望は、侗庵などと並んで昌平黌の教壇に立つことにあったろう。従って処世的進退には慎重を尽し、経済的な処置も細心を極め、弟子たちの行動も不羈にわたるのを厳重に戒めていた。」(「四山陽の三子」(『頼山陽とその時代　上』ちくま学芸文庫、二〇一七年)。中村は、かつて山陽がもっていた「血気」を「若気のいたり」としかみない。そのうえで鴨崖と山陽を峻別しようとする。

(7)　野口武彦「頼山陽と歴史的ロマン主義」(『江戸の歴史家――歴史という名の毒』ちくま学芸文庫、一九九三年、初版年)。ちなみに野口は、『通義』における山陽の躓きは、封建制への拘泥に起因するとみる。山陽は、日本に郡県制はなじまないと考えていた。

(8)　『日本外史』について中村はいう。「〔……〕山陽は一般読者のための平明な文体、「仮名を漢文に直し」たようなものを採用した。これは彼自身、九州旅行中に昭陽から『蒙史』の稿本を見せられて、この文体では難解で世に流布しないから、史書としては役に立たないと率直な意見を吐き、昭陽から無学だと軽蔑されている。〔……〕そして山陽の目的は達せられた。学究的な『蒙史』や『逸史』は世に行われず、平易な『外史』はベスト・セラーになった」(「一　日本外史」『頼山陽とその時代　下』ちくま学芸文庫、二〇一七年)。

(9)　山本博文「「かぶき者」と仇討ち・殉死・心中」(『江戸を楽しむ――三田村鳶魚の世界』中公文庫、二〇〇〇年所収、初版一九九七年)。

(10)　青山英正「幕末志士はなぜ和歌を詠んだのか――漢詩文化の中の和歌」(滝川幸司・中本大・福島理子・合山林太郎編『文化装置としての日本漢文学』勉誠出版、二〇一九年)。

(11)　昭和のノモンハン戦争において、日本軍の砲弾は敵につうじなかった。そこで日本の歩兵は、ソ連の戦車によじのぼり、手榴弾を投げこんだ。この「無謀な策」のために、ソ連軍はそれなりの損害を負ったという。現場が捨身で奮闘し、資源の不足をある程度までカヴァーする。そのせいで、構造的な欠陥が手つかずのまま延命してしまう。日本の組織が、現在でもしばしば落ちこむわなである。海戦にかんする『通義』の主張は、みかけほど現実ばなれしていない。そうして、それがわたしたちに投げかける問題は重い。

(12)　中村真一郎「後書き風の補足」(『小説の方法――私と「二十世紀小説」』集英社、一九八一年)。

(13)　正宗白鳥「田山花袋論――晩年の作品を通して」(『新編作家論』岩波文庫、二〇〇二年所収、初出一九三二年)。

(14)　花袋の家系は館林藩の下級武士である。花袋の父は、維新後に警察官となり、西南戦争に従軍して戦死している。「かぶき者」の伝統にひきよせられる環境において生まれそだった。そのことが、文学者としての花袋のありように影響した可能性はたかい。

(15)　たとえば「脱出」(『中村真一郎評論集1　文学の方法』岩波書店、一九八四年所収、初出一九四七年)。

中村真一郎を読む

蒹葭堂遺聞

浪華のサロンから文学共和国へ

高橋博巳

二年前の春、年来の友人でいまは京都に暮らすマルソーさんに誘われて、京都近代美術館で〈サロン！ 雅と俗〉展を見たときのこと、ゆくりなくも『木村蒹葭堂のサロン』（新潮社、二〇〇〇年）を思い出した。タイトルの類似ばかりでなく、そこには蒹葭堂が描いた数々の画が展示されてもいたからである。そのうちの一点は扇面の小品ながら、月僊・細合半斎・佐野山陰・奥田元継・蒹葭堂・岡熊岳・福原五岳・中村芳中・松本奉時らによる寄せ書きで、中谷伸生氏の解説にもあるように、「大坂の画家たちは、流派を越えて親交を結ん」でいた点が素晴らしい（図1、図録番号四六《大坂文人合作扇面》、同展『図録』京都国立近代美術館、二〇二二年）。この小画面はまさしく蒹葭堂のサロンの趣を呈していて、メンバーも細合半斎から月僊までと多彩である。月僊は「欲張りおっさま」の俗称とは裏腹に、高雅な人物画を描いていた。しばらく前には〈画僧月僊〉展が名古屋市博物館で開催され（二〇一八—二〇一九年）、画業の見直しも進んでいるようだが、当時としてはもっとも文人画家らしい画僧だった。

ところでこのたび本誌への寄稿を求められて、まず思い出したのは四十年近く前のこと、仙台から名古屋に移り住んで初めての夏、あまりの暑さに軽井沢に逃げ出し、かつて所縁の宣教師から譲られたという大学の寮に滞在したさいに、旧

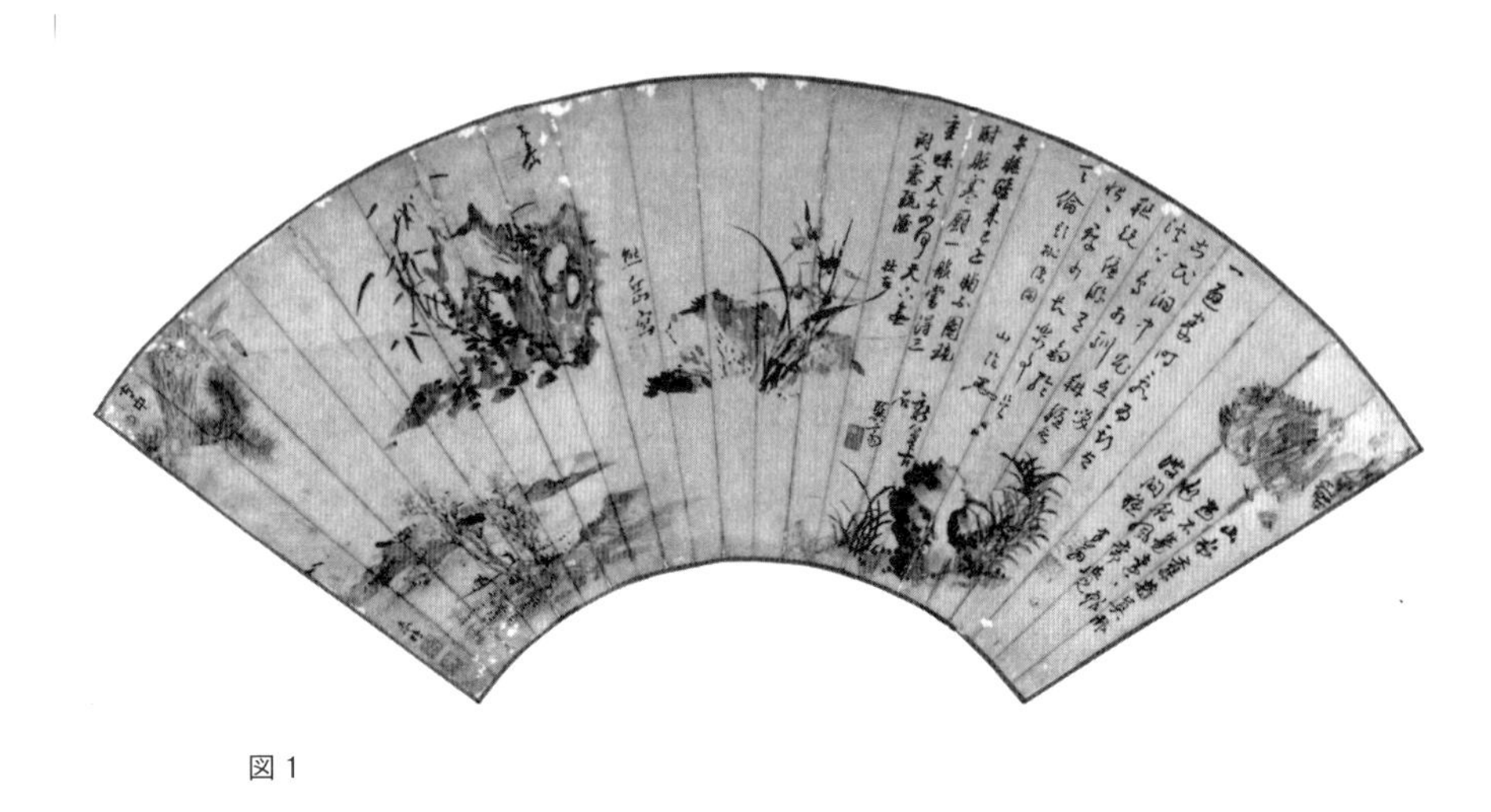

図1

軽の郵便局の前でたまたま長身の作家とすれちがった遥かな記憶である。むろん『雲のゆき来』や『頼山陽とその時代』に目を通してはいたが、たとえば加藤周一氏の著述と比べても愛読とまでは至らず、現に今回も同書を探してなかなか見つからず、陋屋の書棚は万やむを得ず前後二重に本を並べているので、一度奥に回った本を探し出せないのはいつものこと、この稿を書き終えるころになってようやく出現した。そこで荒川洋治氏の、『雲のゆき来』は「中村真一郎の最高傑作」(「黄金期の詩境」、『文庫の読書』中公文庫、二〇二三年)という評を拝借することにしよう。

その後、思いがけず北海道の美術館から蠣崎波響の解説を依頼されて、「文人波響の交遊」を執筆し、拙い講演もした(『蠣崎波響とその時代』展図録、北海道立函館美術館、一九九一年。後に『画家の旅、詩人の夢』に収録、ぺりかん社、二〇〇五年)。先の図録には、井上研一郎氏の「蠣崎波響の生涯と《夷酋列像》」も収まり、波響の特異な列像のポーズには月僊の『列僊図賛』に依拠するものがあるとの指摘がある。この一連の動きのきっかけが『蠣崎波響の生涯』だったことは言うまでもない。

のこる『木村蒹葭堂のサロン』についても、本誌はもちろん、たとえば『木村蒹葭堂全集』第八巻(藝華書院、二〇一五年)には、水田紀久氏による「中村真一郎氏の方法」をはじめとして、『木村蒹葭堂のサロン』の目次から諸資料までが収載されているように、すでに多くの言及がある。そのうえで後塵を拝するものとしてできることは、その後の展開の一端に触れることぐらいだろうか。

*

その木村蒹葭堂については、中村氏も参照されているように、水田先生の研究がいまなお突出している。したがって、この分野への素人の接近は容易なことではない。それがたまたま二〇〇三年八月に、カリフォルニア州立大学ロサンゼルス校（UCLA）で開かれた、第十一回国際18世紀学会のラウンド・テーブル「東アジアと啓蒙」で発表した“Korean Envoys and Japanese Confucians”の話を聞き及ばれた水田先生より、『蒹葭堂だより』に記事を求められて「蒹葭堂と朝鮮通信使」を執筆したのが、蒹葭堂に触れるきっかけとなった（第四号、同顕彰会、二〇〇四年）。

さいわい学会を終えて帰国後、韓国から参加した鄭珉氏より李彦瑱や成大中らの資料が届き、それがきっかけとなって『韓国文集叢刊』に収録された文章を読むに及んで、通信使帰国後のソウルでの意外な反響を知ることができた。そこには通信使が持ち帰った日本情報によって、会ったこともない日本の文人について親しみのこもった文章が綴られていたからである。読み進むうちに、いつしか国境を超えた文人の交流がそのかみの文学共和国の相貌を呈してきた。それらを求められるままに『蒹葭堂だより』に寄稿し、やがて長らく行方の知れなかった《蒹葭雅集図》についての報告にまでたどり着いた（第十四号、二〇一四年）。足かけ十年におよぶ遅々たる歩みも、もし韓国18世紀学会との往き来がなかったなら、そもそも文献の入手さえ難しく、通信使帰国後の展開は知るべくもなかったろう。

*

朝鮮通信使行は江戸時代を通じて十二回を数え、最後の一八一一年は対馬止まりの易地聘礼だったので、江戸までの実質最後の使行となったのが一七六四―五年である。通信使の文人に限っていえば、製述官の南玉（号秋月）、正使書記の成大中、副使書記の元玄川、押物通事の李彦瑱らは理想的な人選と言える。それを迎えた日本側も、筑紫の亀井南冥に始まって、赤間関の滝鶴台、牛窓の備前藩儒の人々、浪華の蒹葭堂グループ、尾張の岡田新川、江戸の宮瀬竜門といった面々がそれぞれ応接に当たって、通信使一行に好印象を与えた。コミュニケーションはもっぱら漢文の筆談に依ったために、双方向のやりとりがそのまま後世に伝わることとなった。これによって東アジアにも文学共和国が成立した過程を、つぶさにたどることができるのである。

このとき博多の藍島で待ち構えていたのが、まだ二十代の亀井南冥だった。南冥は徂徠学派の大潮に漢文を、永富独嘯庵に医学を学んで儒医としてのキャリアを始めたばかりだったが、鮮烈な出会いだったのであろう、通信使一行に青年儒者の「奇才」を印象づけた。その南冥に通信使が尋ねたのは、これから日本で会うべき人々についての情報だった。南冥が列挙したのは、滝鶴台、合麗王、葛子琴、清田儋叟、芥川丹丘、龍草廬ら関西の儒者たちで、「東都は未だ之を詳らかにせず」といい、最後に「風雅双ぶ無きは、浪華の木弘恭」と答えていた（『泱泱余響』、『亀井南冥　昭陽全集』一、葦書房、一九七八年）。蒹葭堂の「風雅」は、こうして通信使一行にいち早く伝えられていたのである。

*

やがて浪華では蒹葭堂の「風雅」が見事に証明された。それより先の宝暦八年（一七五八）頃より、蒹葭堂は自宅で「蒹葭堂会」と称する詩社を開いていた。そして宝暦十一年には、大典の最初の詩集『昨非集』を蒹葭堂版として出版していた。二十代の若さでこのように華々しく活動していたことに、通信使が関心を示さないはずはない。なかでも「文雅」の人だった成大中は蒹葭堂の詩会に参加を希望したが、自由な外出が許されなかったので、蒹葭堂会の様子がわかるように雅集図の制作を依頼したのである。したがって中村氏の「大坂滞在中に、このサロンの客となり」（一二五頁）の条は勇み足である。大中は蒹葭堂が澄心斎と称する画室を構え、絵筆を揮っていたのを知っていたかもしれない（水田紀久「木村蒹葭堂のアトリエ」、『文藝論叢』第五九号、二〇〇二年）。蒹葭堂が図柄を大典とも相談して描き上げたのが、《蒹葭雅集図》（**図2**、韓国中央博物館蔵）である。そこには、「朝鮮の諸君子が世粛を悦すること、旧相識の如し」という大典の「序」が付いている。そして成大中の、「齎し帰りて、以て万里の顔面と為さん」という言葉を伝えている。こうして蒹葭堂の交際は「一郷一国より、以て四海に至り」、ついに「異域万里の交」にまで発展したのである。詳細は別稿にゆずるが、帰路の浪華でにわかに勃発した崔天宗殺人事件によって、一行がほぼ一カ月間の滞在を余儀なくされた間に、蒹葭堂は福原承明とともに篆刻の腕をふるって、南玉以下の各人に印を贈っている（『東華名公印譜』宝暦十四年刊）。南玉は贈られた印をすぐさま尾張の松平君山の『三世唱和』（宝暦十四年刊）に送った序文に捺している（**図3**）。

図 2

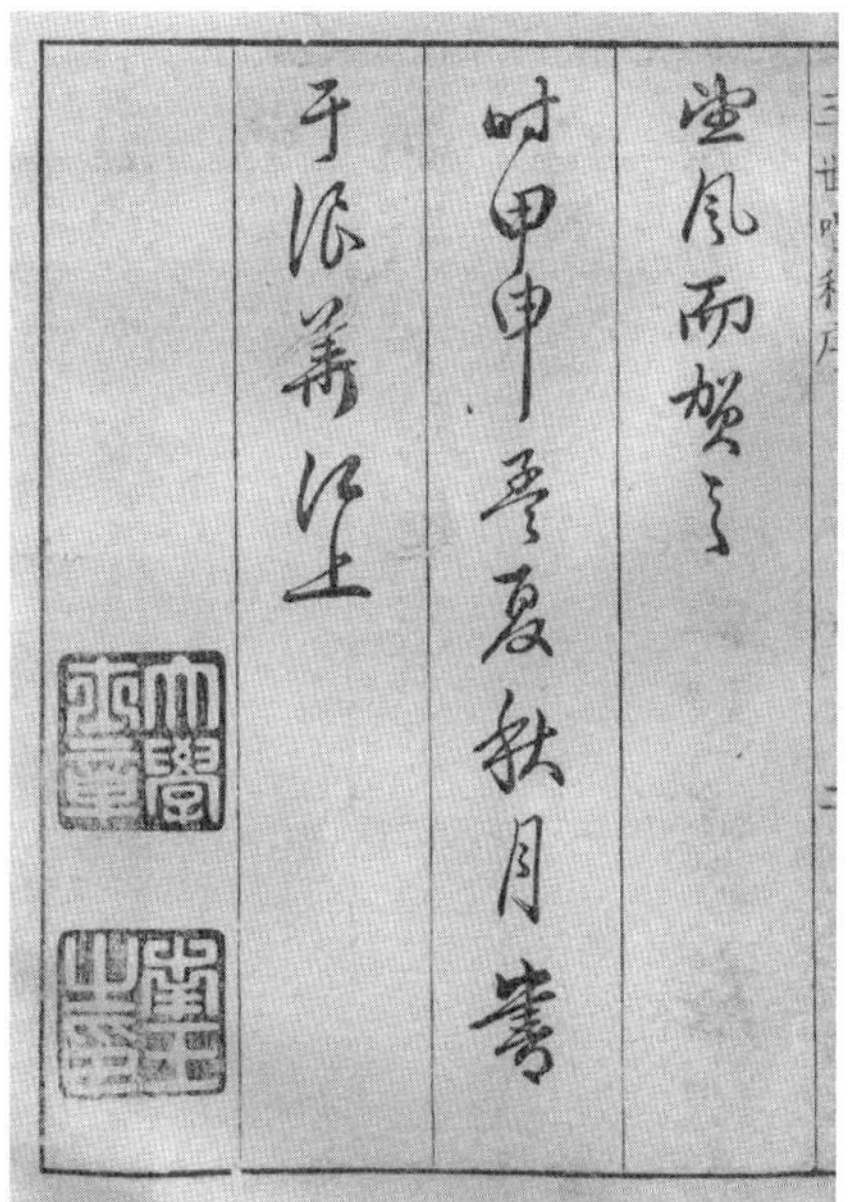

望風而賀之
時甲申季夏秋月書
于浪華[illegible][illegible]

図 3

出立の日（五月六日）は「辰の時」午前九時頃より、大典や蒹葭堂たちが「堺筋街」の一角で行列を待ち構えていると、ようやく午後になって先頭の姿が見え、最初に現れたのは趙花山で、ついで柳菅将は馬から下りようとしてかなわず、手のひらに指で「悵（うらめしい）」と書いて「愀然（しょうぜん）と去」っていった。これを見て、南玉や成大中らと別れを惜しむのは難しかろうと話していると、正使の乗り物のあとに南玉らが続き、大典が金退石を認めて声をかけると、馬より下りて皆の前に立ったではないか。南玉や元玄川もそれに続いて、最後に現れた成大中の馬は、人混みに驚いてか飛び跳ねて、大中の冠が軒にふれて落馬しそうになったのを、大中は顔色も変えず馬から下りて、周囲の人々を感心させる場面もあった。しかし、ようやく相い対しても言葉は通じず、握手して「唖々」というのみ、土産を手渡しただけで「俄尓（にわか）に」別れがやってきた。大典らが思わず立ち上がって見送ると、南玉も振り返り、突然「潸然（さんぜん）」と涙が溢れた。大典はこの別れの場面の叙述を、「此より音塵邈（はる）かに絶てり」と結んでいる（『萍遇録』）。

この一見、あっけない別れを後に思い出して文章にしたのは成大中である。

> 大中、前に日本に入る時、木世肅なる者有り。浪華江上に家居し、風流好客の称を以て、同志九人と詩社を結び、嘗て其の所謂る蒹葭堂なる者に於いて雅集有り。大中、其の詩を見んことを求む。世肅、乃ち其の雅集を図画して、之を帰らしむ。今に至りて吾が笥に在り。大中、異域の人に於いてさえ、尚お且つ是の如し。
> （「白陽川に答うる書」、『青城集』巻五、『韓国文集叢刊』二四八、以下『叢刊』と略記）

蒹葭堂の「風流好客」が大中の関心を引いたのは言うまでもない。しかし、蒹葭堂の魅力はそれだけではなかった。旺盛な好奇心は遠く西洋にまで及んで、画を描き、詩を作って、膨大な書籍の収集のかたわら、出版にも手を染めるという八面六臂の活動を、彦根の儒者野村東皐は次のように伝えている。

> 夫れ世肅、道を信じ学を好むの志、久しうして益ます篤し。其の家資富饒、蔵書万巻なれども、猶お且つ日に古書を募り、異籍を購い、繕写翻刻して、其の労を辞せず。務めて寒儒窮生の為に、乞貸賑給して、以て其の業を助く。故に一時都下青衿（せいきん）の士、多く其の賜を受く。而して其の四方に波及する者も亦た尠（すくな）からずと為す。
> （「浪華木世肅蒹葭堂記」、『裏園集』後・八、寛政九年刊）

蒹葭堂の「風流」はこうした社会貢献までを含んでおり、「寒儒窮生」や「青衿の士」若者までが恩恵を受けた。大中が後半生においてしばしば「雅集」を楽しんだだけでなく、後進の誘掖に熱心だったのも、単なる暗合とは思われないのである。

さらに大中の「金養虚の杭士帖に書す」にはこうある。

> 中州の人は意気を重んじ、意に可なる者に遇えば、疎戚・高下を択ばず、輒ち心を輸し交を結び、終身忘れず。此れ其の大国為る所以なり。吾れ嘗て日本を観る。其の人も亦た交遊を重んじ、信誓を尚ぶ。当に送別せんとするに臨み、涕泣汎爛（ていきゅうはんらん）、経宿して去ること能わず。孰（たれ）か日本人を狡と謂わんや。我れ如（し）かざるを愧ずるなり。況んや大国をや。
>
> （『青城集』巻八）

「中州」中国が「大国」であるのは、信義が重んじられているからである。「心を輸す」とは心の内を吐露すること。国の大きさや身分の「高下」には関係がない。それより別れにあたって、「涕泣汎爛」涙ながらに別れを惜しむほうが大切なのだ。それを大中は浪華における体験を通じて、深く心に刻んで忘れなかったのである。

*

こうしたことを、大中は帰国後に周囲に伝えもしただろう。のみならず、元玄川もまた同様だった節がある。というのも洪大容の「日東藻雅跋」の後半に、「玄川翁、我が邦に在りて、落拓不遇……」と言及し、「落拓」は落ちぶれることであるが、その見聞によって前半にこう記しているからである。

> 斗南の才、鶴台の学、蕉中の文、新川の詩、蒹葭・羽山の画、文淵・大麓・承明の筆、南宮・太室・四明・秋江・魯堂の種種風致は、即ち我が邦に論無し。之を斉魯・江左の間に求むれども、亦た未だ得易からざるなり。況んや諸人なる者、未だ必ずしも極選と為さざれば、則ち其の余は想う可きに足るなり。寧ぞ左海絶域を以て之を少なしとして可ならんや。然りと雖も、文風競いて、武力振るわず。技巧日に蕩（うご）き、鉄剣日に鈍れば、則ち西隣の并せて其の福を受く。厥（そ）の利は博きかな。
>
> （『湛軒書』内集巻三、『叢刊』二四八）

ここに列挙された細合斗南の「才」、滝鶴台の「学」、蕉中すなわち大典の「文」、岡田新川の「詩」、蒹葭堂・維明（号、羽山）らの「画」、朝比奈文淵・草場大麓・福原承明らの「筆」、南宮大湫・渋井大室・井上四明・日比野秋江・那波魯堂らの「種種風致」は、誰が見ても魅力的だったろう。洪大容もまた、自分たちの周りにはもちろん、「斉魯・江左の間」孔子や孟子の故郷、および長江左岸の江蘇・浙江両省のあたりにおいてさえ容易に見出しがたいと手放しで絶賛した。

しかもこれらの人々は通信使一行とたまたま出逢ったにすぎない。それも「画」や「筆」ならば、《蒹葭雅集図》のように作品を見れば一目瞭然であろうが、曰く言い難い「種種風致」となると、実際に会った人でなければ知ることができない。それを大容は友人の土産話をそのまま受け容れて、「絶域」日本に「文風」が盛んになれば、「西隣」に近接する「左海」すなわち朝鮮半島も「福」を共有できるとまでいうのである。

これを洪大容がいつ聞いたかは明らかでない。しかし通信使行から二年後に、大容が燕行使に従って北京に出かけるきっかけの一つにはなったのではないか。大容の旅の目的は、北京でそのような文人に出会うことだったからである。

*

一七六六年、洪大容は北京の琉璃廠（リユウリチヤン）で厳誠や潘庭筠、遅れて陸飛とも知り合い、意気投合して「天涯知己」となった。「勿体ぶらずにいえば、琉璃廠は書籍、書画、骨董、篆刻、文房用品などを扱う店があつまっているところ」で、「科挙の試験を受けにくる何万という受験生を相手に本を売る」場所でもあった（陳舜臣「琉璃廠の歴史」、『太陽』一九九号、平凡社、一九七九年）。そこで杭州から科挙に応じて北京に来ていた三人組と幸運にも出会ったのである。厳誠は若死にし、解元（郷試の首位合格者）だった陸飛は文人となって、潘庭筠だけが官僚となった。陸飛の画は『栄宝斎蔵冊頁選』同出版社、二〇〇九年）に、趙之謙と抱き合わせで収録されている。

やがて洪大容の志を継いだ若い人々が北京を訪れ、『韓客巾衍集』を持参して李調元と潘庭筠二人の序と評を得て、当の若い詩人たちは感動した。すなわち李徳懋・柳得恭・朴斉家・李書九の四人である。この人々も次々と燕行にのぼって、交流の輪は伊秉綬（いへいじゆ）・羅聘・紀昀らへと拡大した。

そこでも折々に蒹葭堂が思い出されて、話題に上っている。李徳懋の『清脾録』には、「木弘恭、字世粛。日本大阪の賈人なり。家は浪華江上に住み、酒を売り富を致す。日々佳客を招き、詩を賦し、酒を酌み、購書三万巻、一歳の賓客の費、数千金なり」と始まって、《蒹葭雅集図》の大典の序を引用したうえで、「嗟呼（ああ）、朝鮮の俗は狭陋にして忌諱多し。文明の化、久しと謂うべきも、風流文雅、反って日本に遜る」と率直である（『青荘館全書』巻三二）。

ついでに李徳懋の成大中宛て書簡を引こう。

扈駕、平安なりや。蒹葭堂図及び一百単八図、両つながら令公要するや。弟、借りて一閲せんことを願う。天下の宝、当に知者と共に鑑賞すべし。亦た千古の勝絶、恵仮如何。少選して即ち当に奉還すべし。

（同上、巻十六、『叢刊』二五七―二五九）

「扈駕」は天子の出幸に従うこと。「一百単八図」は大坂の町を描いたものか。いずれにしても、蒹葭堂の画は「天下の宝・千古の勝絶」と高く評価されている。「千古」は大昔以来。絶海中津の詩句に、「千古詩中の画、輞川独り専らなることを休めよ」（「湛然静者に呈し并せて画を謝す」第三、『五山文学集』新日本古典文学大系48、岩波書店）ともあるように、これは絶賛に近い。

*

さらに蒹葭堂の名前は、金正喜の詩にも登場する。

篆刻有漢法　篆刻に漢法有り
精雅蒹葭堂　精雅　蒹葭堂
古梅御油烟　古梅　油烟を御し
直欲抗程方　直ちに程方に抗せんと欲す
借問長崎舶　借問す　長崎の舶
西梅翰墨光　西梅　翰墨の光

（「人を懐しむ詩体に仿う。旧聞を歴叙して、転じて和舶に寄す。大坂浪華間の諸名勝、当に之を知る者有るべし。十首」、『阮堂全集』巻九、『叢刊』三〇一）

「篆刻に漢法有り」とは、秦漢の古法に溯ること。「精雅」は清らかで上品なこと。こういうからには、正喜もまた『東華名公印譜』を見たのであろう。「古梅」は奈良の墨の老舗、古梅園。「油烟」は樹脂を不完全燃焼させた炭素粉で、墨の原料。古梅園製の墨は、「程方」すなわち明の程君房と方于魯の墨に匹敵するというのである。程・方両氏には、それぞれ『程氏墨苑』と『方氏墨譜』が伝わっている。付された原注には、西梅は商船で長崎に入り、画法が日本でもてはやされたと記されている。

こうして金正喜は朝鮮通信使を通じて日本情報に触れつつ、みずからも燕行使副使の父に従って二十四歳のとき、北京で阮元や翁方綱とも親交を結び、日本のことも聞き及んで、国際感覚を身に付けたようだ。蒹葭堂に始まる文学共和国の広がりは果てしなく、もしこのことを中村氏が聞かれたなら相好を崩されるにちがいない。

【付記】

詳細については拙著『東アジアの文芸共和国――通信使・北学派・蒹葭堂』（新典社、二〇〇九年）ならびに同題の韓国語版（bogosabooks, ソウル、二〇一八年、朴永心訳）、および拙稿「東アジアの文芸共和国」（『啓蒙思想の百科事典』丸善出版、二〇二三年）、「東北亜的半月弧――浪華－漢城－北京」（『風尚、社会与風雅』中国社会科学出版社、二〇二三年、張小鋼夫妻訳）などを参照されたい。同書には鄭珉氏の「十八世紀至十九世紀東亜的文芸共和国」（程永超訳）も収録されている。近年の包括的な研究については、程永超『華夷変態の東アジア』（清文堂、二〇二一年）に詳しい。

中村真一郎を読む

ガラスの樹

毬矢まりえ

ある夏の高原の午後。昨夜降り続いた雨に洗われた清々しい空気のなか、妹と私は軽井沢高原文庫に向かっていました。いつ訪れても人が疎らで、ゆっくりと良質の展示物を見られるお気に入りの場所。

ところが、その日の高原文庫は様子が違いました。多くの人でざわめいているではありませんか。なんとこれから「中村真一郎文学碑」の除幕式が始まると言うのです。私たちはまるで招かれたかのように、その会へと導かれたのでした。

裏庭へと向かう芝地に、その碑は立っていました。二メートルほどの高さでしょうか。真っ白な布がかけられています。もしご存命であれば——その脇には銀髪の長身の男性、中村真一郎氏が立っていたでしょう。代わりにそこには、夫人の佐岐えりぬとその妹さんがいました。二人とも夏帽子をかぶり小柄で、可憐な雰囲気。他にも加藤周一、当時の文学館館長の加賀乙彦、文学碑をデザインした建築家の磯崎新、堀辰雄夫人の堀妙子、お祝いに駆けつけた多くの人々……華やかな場でした。高原の明るい木々、落葉松、ニセアカシヤ、春楡、楡などは緑の枝を広げ、足元の緑の草むらと合わさり、空と大地を緑のグラデーションに染めています。その中に中村真一郎文学碑は立っていました。いよいよ除幕のとき。姉妹が近寄り、布を取り払います。私たちは息を飲みました。

そこには……

＊

「私は青春時代以来、いわば職業的守り神として、紫式部を心の奥に祭り続けてきた」。こう記す中村。それも「僕が面白がってる『源氏物語』は、西洋人が面白がってる『源氏物語』と同じなんで、西洋の人の書いている意見の方が僕にはよくわかるわけです。ジャン・コクトーなんかも確か『源氏物語』のことを言ってました。西洋人の方が、日本の文学についてでも話が通じるわけね」。

　今もしお目にかかれたら……お伝えしたいことがあります。この思いに私たち姉妹も強く共感するからです。『源氏物語』を百年前世界で初めて英語全訳したのは、イギリス人のオリエンタリスト、アーサー・ウェイリー。彼の手による『ザ・テイル・オブ・ゲンジ』は、出版と同時に文壇に旋風を巻き起こし、一流紙の書評で絶賛されました。「ここにあるのは天才の作品である」（『モーニング・ポスト』紙）、「文学において、時として起こる奇跡」「紫式部は近代小説とも呼べるものを創り出した」（『タイムズ文芸付録』）、「ヨーロッパの小説がその誕生から、三百年にわたって、徐々に得てきた特性のすべてが、すでそこにあった」（『ザ・ネイション』誌）などでした。批評家モーティマーは「人類の天才が生み出した世界の十二の名作のひとつに数えられることになろう」と書評を結んでいます。

　そして、著者の紫式部（レディ・ムラサキ）も、世界文学の作者として、一躍認められたのです。ウェイリー源氏は、たちまちベストセラーとなり、版を重ね、ヨーロッパ全土に重訳されていきます。十一世紀、アジアの小国の日本で、女性作家がこれほど壮大な物語を紡いでいたとは。世界に与えた衝撃は計り知れません。

　その源氏を私たち姉妹は『源氏物語A・ウェイリー版』（全四巻、左右社）として日本語に「戻し訳」したのです。冒頭の第一帖「桐壺」は次のように始まります。

> いつの時代のことでしたか、あるエンペラーの宮廷での物語でございます。
> ワードローブのレディ（更衣）、ベッドチェンバーのレディ（女御）など、後宮にはそれはそれは数多くの女性が使えておりました。その中に一人、エンペラーのご寵愛を一身に集める女性がいました。その人は侍女の中では低い身分でしたので、成り上がり女とさげすまれ、妬まれます。あんな女に夢をつぶされるとは。わたしこそと大貴婦人（グレートレディ）たちの誰もが心を燃やしていたのです。

「戻し訳」と言っても、ただ古典に戻すのではなく、当時のイギリスの読者が思い描いたであろうオリエンタルな雰囲気も残そうと、敢えてカタカナ表記を使いました。日本語の宝であるルビを多用し、読む人に古典日本語、百年前の英語、現代日本語という三つの言語世界を多層的に行き来する、新しい『源氏物語』を提示したいと思ったのです。これを私たちは「らせん訳」と名付けました。

同じ「ウェイリー源氏」を愛読した中村氏はどう思われたでしょうか……

けれど、先を急ぐ前に、中村と「源氏物語」の出会いについて辿ってみましょう。

中村真一郎と『源氏物語』の出会い

「一九四三年の夏は私にとって一連の輝かしい祝祭だった」。一九四三年と言えば、第二次世界大戦の最中。中村は二十五歳の頃。軽井沢に疎開していた頃でしょうか。その時にこの物語と出会ったのでした。文章の続きを追ってみましょう。

『源氏物語』の五十四章が、私の五十四の日々を埋めつくした。日本文学史上最大のロマンが、生きがたい生に対して生きる理由を与えてくれた。あるいは永遠の美が時代の変転を征服した、といってもいい。いわゆる日本的なるものが、悪しき政治の組織的宣伝の力によって私たちの精神と心情とを凍らすために総動員させられていた時に、そしてその日本的なるものの代表であるべき『源氏物語』さえもが、私たちの理性には耐えがたい理由によって故意に歪曲せられ、原形を醜悪に変えられていた時に、〔……〕あらゆる狂的な不正と饒舌との彼方から、何ものによっても亡ぼされることのない真の芸術が私に呼びかけ、そのかけがえのない魅力が汚された古典の真の姿を自己証明すると同時に、真の日本的なるもの、いやおそらく人間性そのものの美を私に確信させてくれた。その記憶は、その後の恐ろしい数年の間、絶えず私の弱い心を支える支柱の一つとして現在まで生き残ってきた。

中村がどのようにしてこの物語に出会い、どれほど大きい存在となったかが窺われる文章です。

紫式部への問い

とは言え、初めからすぐに魅せられたのではない、と他の文章で告白しています。「一体、紫式部という女性は、どういうつもりで、こうした物語を書いたのだろうか」との疑問が付きまとっていたのです。これが突然氷解したのは第二十五帖「螢の巻」の名高い「物語論」を見出したから、といいます。「驚くべきことには、この王朝の宮廷女性は現代の小説家達と、全然、同じ小説観の所持者だったのだ」。

　中村自身が敢えてこの「螢の巻」の物語論を自由訳しているのは興味深いことです。

〔……〕……小説は、勿論、ある実在の人物の生活の記録ではない。作家の実人生の体験のなかで、善でも悪でも、感動の深かったものを、そのまま自分の心のなかに秘めておくことでは満足できなくて、後世のために書くことになったものだ。善でも悪でも、実際の経験を選択しながら、純粋の典型にまで高めて、それを表現する。それは例外的な状況を現しているように見えても、しかし、決して、非現実的なことではないのだ。外国の作家の作風は、私たちとは異なっているかもしれない。また、時代によって、題材は異なってくるかもしれない。そのうえ、作家の現実認識の度合の深い浅いの違いはあるだろう。しかし、決して、そのどれもが、真理に触れていないとは言えないのだ……

　この一節に辿り着いたとき、中村の謎は解けたのでした。「それ以来、私は『小説』というものを作る仕事に、自分の生涯を捧げる自信を持つことになった――そう断言しても、誇張ではないと思う」と。

　瑞々しい感性が感じられる言葉です。この中に、「外国」という概念が既にあることに、驚かないでしょうか。紫式部の原文には「人のみかどの才、つくりやう変はる」とあります。「外国の朝廷の詩才（を考えて）も、（国が違うから）作り方は変わっている、の意か」と岩波文庫の注にある通りです。「大和の国」に対し、外国の概念を備えていた紫式部。同様に、中村にも外国文学への憧憬があったことは、その文学遍歴に如実に現れていると言えるでしょう。

プルースト『失われた時を求めて』

　中村が文学を志した、一九三〇年代の終わり頃、日本の文壇の主流は、私小説、自然主義文学でした。自分の志向する文学は、より内面的に自由なものだと信じていた氏が、西洋の詩に見出したのは、マラルメを祖とするフランスの象徴派。そして仲間と「マチネ・ポエティク」を結成し、旺盛な詩作を続けたことは言うまでもありません。

　しかし中村はやがて小説という分野に創作の場を移してい

きます。その大きな契機となったのはマルセル・プルーストでした。氏は二十歳の時『失われた時を求めて』を読み始め、「その激しい豊かな叙情性」に感動。心を揺さぶられたといいます。象徴派と相通じるものを小説にも発見したのでした。西欧の文学も、また十九世紀後半に自然主義文学が主流となります。観察に基づく写実文学でした。それに対抗し、二十世紀初頭に、新しい反自然主義的な文学が生まれようとしていました。そのうちの一人、プルーストに夢中になった理由は次の四点でした。第一、人間の心の奥へ深く照明を与えようとしていた。第二、美に対する繊細な趣味への感覚を復活させようとしていた。第三、「時間」という要素の形而上学的な重要さを意識しはじめていた。第四、社交界的な生活への興味が高まっていた。これを壮大な小説にして見せたのが『失われた時を求めて』でした。

それを読んだのは戦禍を逃れて疎開していた軽井沢の冬でした。万年筆のインクも汁粉もまつげも凍ってしまう極寒の中で、氏は読み続けました。「〔……〕孤独な生活は、〔……〕完全なものとなり、私はひとりだけで直接、自然にとり巻かれて、昼夜を置かずプルーストに没頭し、遂に『失われた時を求めて』最終巻の『再び見出された時』を読了した時は、長い夢から覚めたようになって、戦地にある友人たちを思い、言い知れぬ感慨に打たれたものであった」。

なんという深く切実な読書体験でしょうか。読書する者にとって、このような究極のユーフォリックな体験は、生涯忘れ得ないもの。人生を決定し得るでしょう。実際、このプルースト読書は、作家としての天啓となったのでした。

中村真一郎の読書法

エッセイの中で、氏は驚くべき読書術を披露しています。古今東西の名著を十冊ほど同時に読み進めたというのです。読み終えずに、様々な読みかけの本を同時進行させていく。そうすれば人類の無限の宝を征服できる、と。深く感銘を受けた私は、無謀にも早速その真似をして、同時進行読書作戦を実行しました。もちろん、そんな生易しいものではなかったのですが、私が東西の名著を曲がりなりにも渉猟できた一端は、この読書法にもありました。後に英訳源氏物語の日本語全訳を妹と成し遂げることにも繋がったのかもしれません。

自己解放の道具

「千年前の人々の日常生活に触れる喜びは、人間の生きている味そのものに接する幸福感である。そこで私たちの心は、孤独の壁を取り払われて、自由な解放された気分のなかへひたるのである」。

この「解放」は、中村の創作の原点を表す言葉でもあります。竹西寛子、三枝和子との鼎談「『源氏物語』と現代――現代小説として『源氏物語』を読む」(『ユリイカ』一九八〇年十二月号)のなかで、中村は「『源氏』というものは僕自身の自己解放の道具だったんです」と語っています。

先述の通り、当時の日本の文壇は私小説的な自然主義的風土でした。ヨーロッパの十九世紀の自然主義文学が日本の日記文学の伝統と結びついたゆえだ、と解釈する中村。その模索のなかで、日本の物語の伝統『源氏物語』を発見したのでした。西欧の「二十世紀小説」の旗手であったプルーストに加え、一見水と油のごとき『源氏』に出逢ったとき、中村は真の「解放」を感じ、その文学活動は花開いていくこととなったのでした。

中村真一郎とウェイリー源氏

『源氏物語』と一口に言っても、氏にとっての源氏は古典の源氏とはひと味違ったものでした。冒頭のインタビューを今一度振り返ってみましょう。「僕が面白がってる『源氏物語』は、西洋人が面白がってる『源氏物語』と同じ」と答えています。


「氏の英訳『源氏物語』は私がこの二十年間、最もしばしば手にし、たびたび旅にもカバンの底に入れて持って歩いた書物である」と記してあるとおりです。この英訳版はウェイリー訳であり、彼はこの翻訳を高く評価しています。その文体は「知的で優雅で凝っていて、読者はレディー・ムラサキを、プルーストの双児の姉妹かと思った」。彼の訳のお陰で「源氏」は「日本の地方文化の一産物として、千年の間、生きつづけていた後で、突然世界文学の中に『新しい古典』として登場し、一挙に不動の位置を占めたわけである」。「氏〔ウェイリー〕のおかげでこの我が王朝物語の傑作は、全文明世界の共有財産となることができた」。中村がこの「ウェイリー源氏」を「世界文学史上の奇蹟」として認めていたことが分かります。

ウェイリーもまた、プルーストの読者でした。当時、幼馴染みのスコット＝モンクリーフが『失われた時を求めて』の英訳に挑んでいたこともあったでしょう。『ザ・テイル・オブ・ゲンジ』の訳注にも、プルーストへの言及があります。中村の言葉どおり、ウェイリーは『源氏物語』を千年前の古典でありながら、現代小説としても認め、訳文にモダニズム文学の文体を用いているのです。当時『ザ・テイル・オブ・ゲンジ』はプルーストと比され論評されましたが、それはウェイリーの意に沿うものであったでしょう。そして中村もまた、プルーストと『源氏』を自分のよりどころとし、創作の源泉としたのではないでしょうか。

除幕式ふたたび

熱い視線が注がれるなか、中村夫人の佐岐えりぬ姉妹がしずしずと進み出ます。さっ、と白い布が取り払われました。

どよめきが起こりました。

光を放つガラス板でした。透明な大きな長方形の板に、夏の光が煌めいていたのです。ガラスの文学碑だなんて。石や金属の碑を思い描いていた私たちから、一斉に「おお」と感嘆のため息が、やがて大きな拍手が湧き起こりました。幻の中村真一郎氏が、含羞の色を浮かべ、ガラスの碑と聴衆とを交互に見やっているのが目に見えるようです。刻まれた詩が朗読されました。

夏野の樹

光を浴びて野中の樹
緑に燃えて金の絵散らし
しじまの凍る真昼時
大地の夢を高く噴き出し
白いお前の歌の中
優しく匂ふ乙女の生肌
明日の記憶の眠る墓
茂みの髪は永遠の夜中だ?
酔はせよ、遠い時を解き
堅い乳房に青い日含み
流れよ、重い葉の動き
吹き上げのやう愛の波生み
光を浴びて野中の樹!

そう、それは夏のガラスの樹だったのです。光を浴び、光を放つ透き通る樹。その夢見るような午後に寄り添う詩を刻み、地から伸び上がっていました。

この詩形は「ロンデル(Rondel)」と呼ばれるもの。中村はネルヴァルやマラルメに傾倒しましたが、同時にフランスのルネッサンスのプレイアッド詩派による諸々の詩形の実験に従って、ソネだけでなく他の詩形クアトレーンやオード、このロンデルも試したといいます。ロンデルは十三行詩の押韻定型詩(時に十四行)。四行、四行、五行の三連から成ります。押韻が見てとれます。

第一連　野中の樹（き）／真昼時　散らし／噴き出し
第二連　歌の中／眠る墓　生肌（きはだ）／夜中だ？
第三連　解き／動き／野中の樹　含み／波生み

詩人で仏文学者の渋沢孝輔はこの詩をこう評しています。

『流れよ』とは言うが、むしろここにあるのは、時を超えた永遠の真昼時に、『大地の夢を高く噴き出し』ているような原初的健康のヴィジョンである。眼を転ずればいつでもそこに、海の泡から生れ出る始源のままのヴィーナスの姿が眺められもするだろう。〔……〕中村氏における幸福で理想的な時間概念が、線的に流れるのではなく、過去と未来とを一箇所に集めて渦巻き、あるいは『茂み』のようにからまり合っているものであるらしいことにここで注目しておいてもよい」。この詩でも中村の追い求める「時間」の概念が表出されていると言えるでしょう。

「失われた時」「見出された時」、あの二〇〇二年の夏。『源氏物語』の千年。『ウェイリー源氏』の百年。そしていま現在。私のなかではさまざまな「時」が、らせんを描きながら永遠へと向かって流れ続けています。


【主要参考文献】

中村真一郎『源氏物語の世界』新潮選書、二〇二三年。

――『王朝物語』新潮文庫、一九九八年。

――『火の山の物語』筑摩書房、一九八八年。

――『中村真一郎詩集』現代詩文庫97、思潮社、一九八九年。

『中村真一郎評論集成』1「文学の方法」岩波書店、一九八四年。

『中村真一郎評論集成』2「私の西欧文学」岩波書店、一九八四年。

『中村真一郎評論集成』3「私の古典」岩波書店、一九八四年。

『中村真一郎評論集成』5「芸術をめぐって」岩波書店、一九八四年。

中村真一郎〔述〕『独特老人』後藤繁雄編著、筑摩書房、二〇〇一年。

中村真一郎・竹西寛子・三枝和子〔鼎談〕「源氏物語と現代――現代小説として『源氏物語』を読む」『ユリイカ』青土社、一九八〇年十二月号。

『リテレール冬号』（3号）メタローグ、一九九二年。

『源氏物語』（全九冊）柳井滋・室伏信助ほか校注、岩波文庫、二〇一七―二〇二一年。

『源氏物語　A・ウェイリー版』（全四巻）毬矢まりえ・森山恵姉妹訳、左右社、二〇一七―二〇一九年。

バックナンバーのご案内

第十号（2015.4）
中村真一郎と〈マチネ・ポエティク〉のこと　清水徹
『マチネ・ポエティク詩集』とその時代　安藤元雄
〈マチネ・ポエティク〉における押韻　菅野昭正
『マチネ・ポエティク詩集』　池内輝雄
＊
中村真一郎と堀辰雄　影山恒男
ミメーシスと継承　鳥山玲
父、真一郎の思い出　Sr・ムジカ・中村香織
［連載］＝中村真一郎に甦るネルヴァル（4）　小林宣之／豪徳寺二丁目猫屋敷（9）　木島佐一

第十一号（2016.4）
協同作用と堀辰雄　渡部麻実
軽井沢という「故郷」　岡村民夫
中村真一郎《からの・への》堀辰雄・立原道造　竹内清己
＊
他者の視点の獲得　田口亜紀
木洩れ日のなかの写真と鹿　國中治
＊
美しい本を求めて　山村光久
メキシコ雑感　井上隆史
遠望の先に　高遠弘美
［連載］＝中村真一郎に甦るネルヴァル（5）　小林宣之

第十二号（2017.4）
文学を享受することを教授することについて　菅野昭正
＊
「死」をめぐって　井村君江
中村真一郎の意識の流れ　大髙順雄
中村真一郎と大岡信　越智淳子
＊
記憶のなかの中村真一郎　池内紀
ストーリーテラーとしての中村真一郎　前島良雄
『死の影の下に』と私　金子英滋
中村さんのこと。撮影のこと。　大月雄二郎
村次郎の語り　深澤茂樹
［連載］＝中村真一郎に甦るネルヴァル（6）　小林宣之

第十三号（2018.4）
中村真一郎の風景　荒川洋治
中村真一郎さんから渡されたもの　尾崎真理子
＊
中村真一郎『芥川龍之介の世界』との出会い、そしてその意味　宮坂覺
中村真一郎の『とりかへばや物語』論　朝比奈美知子
中村真一郎の映画　山本裕志
プルーストへの思い　深澤茂樹
＊
故旧哀傷・中村眞一郎　中村稔
ドレフュスからバベルへ　平野新介
佐岐さんとの思い出　松岡みどり
『愛をめぐる断想』と『月刊つり人』　鈴木康友
昭和四十七年二月二十八日　後藤俊行
［連載］＝中村真一郎に甦るネルヴァル（9）　小林宣之

第十四号（2019.4）
『文章読本』から『四季』へ　戸塚学
モスラが来る！　西岡亜紀
ポエティクvsロマネスク　山田兼士
＊
神々の黄昏　岩野卓司
ロマン主義的魂で読む『とりかへばや物語』　朝比奈美知子
『雲のゆき来』を読む　田口亜紀
＊
軽井沢、蓼科、熱海、パリ、東京　吉澤公寿
＊
旅立った仲間の霊前に　菅野昭正
影山恒男氏を悼む　林浩平

＊中村真一郎の会

近況

〔到着順〕

代表を務めている日本外国語教育推進機構ＪＡＣＴＦＬは、一昨年（二〇二二年）創立十周年を迎え、昨年からは上智大学での対面シンポジウムを再開、二百名以上の参加者がありました。会員は三百名を越え、これからの十年に向けて歩み始めています。世界の文学に精通した中村真一郎の遺志を継ぎ、若者の視野が狭くならないように、英語以外の外国語教育の推進を目指します。私事では、十八年間勤めた研究所や大学を二〇二四年三月に退職し、今後はＪＡＣＴＦＬを中心に活動します。

（川崎吉朗／川崎市）

＊

このところ品切れになっていた拙著『マーラー――輝かしい日々と断ち切られた未来』と『マーラーを識る』（ともにアルファベータブックス）が、夏か秋頃に重版されることになりました。クラシック音楽に関心のおありの方、よろしくお願いいたします。

水声社から昨年出版された高橋智子さんの『モートン・フェルドマン――〈抽象的な音〉の冒険』が、このところ私には最も大切な本になっています。以前から大好きだった曲である、フェルドマンの《フィリップ・ガストンのために》などが、この本をきっかけに一人でも多くの人に聴かれるようになってほしいと思い、いろいろなところで薦めています。（前島良雄／名古屋市）

＊

三年ぶりに「詩人尹東柱とともに・2024」が、二〇二四年二月十八日に、池袋の立教大学のチャペルで開催されました。私は、尹東柱が立教大学に入学し二カ月後に書いた「たやすく書かれた詩」（一九四二・六・三）を、日本語で朗読させて頂きました。朗読するたびに中村先生からいただいた、「みどりさん、句読点は作家の息遣いだよ」とのお言葉が思い出されます。

（松岡みどり／東京都）

＊

今夏、初の句集を出す予定です。中村真一郎の平安文学論関係は相変わらず愛読していますが、近年では特に俳句に関する著作、なかでも、『俳句のたのしみ』の「俳句ロココ風」論に刮目させられ、また柴田宵曲への道案内もしてもらいました。さらに『木村蒹葭堂のサロン』での蕪村や大江丸の章に大いに触発されています。

（越智淳子／横浜市）

＊——中村真一郎の会

短信

（'23.4 - '24.3）

【会合・催物】

会合＝感泣亭例会（ファイナル）★二〇二三年十一月十二日、感泣亭。主催＝小山正見。

催物＝山崎剛太郎さんを偲ぶ会★二〇二三年十一月二十六日、ホテルニューオータニ・イン。

会合＝四季派学会二〇二三年度冬季大会★二〇二三年十一月二十五日、法政大学市ヶ谷キャンパス。主催＝四季派学会。講演者＝鈴木貞美。

【出版物】

荒川洋治『文庫の読書』★中央公論新社、二〇二三年四月刊。中村真一郎『雲のゆき来』をめぐるエッセイを含む。

『三田文学名作選　増補版』★三田文学会、四月刊。中村真一郎「詩を書く迄」を含む。

中村真一郎『源氏物語の世界』★新潮社、五月刊。新装復刊。澤田瞳子による解説を含む。

中央公論新社編『対談　日本の文学——わが文学の道程』★全三巻、中央公論新社、五月刊。全集『日本の文学』の月報対談を再編集したもの。「昭和時代の文学」（対談＝高見順、中村真一郎）、「文学的出発のころ」（鼎談＝中村真一郎、福永武彦、遠藤周作）を含む。

岩野卓司『贈与をめぐる冒険——新しい社会をつくるには』★ヘウレーカ、五月刊。

田中優子編『落語がつくる〈江戸東京〉』★岩波書店、九月刊。

井波律子著、井波陵一編『時を乗せて折々の記』★本の泉社、九月刊。「本の交流——中村真一郎さんのこと」を含む。

鈴木貞美『ナラトロジーへ——物語論の転換、柳田國男考』★文化科学高等研究院出版局、一〇月刊。

『感泣亭秋報』第十八号★感泣亭アーカイヴズ、十一月刊。終刊。

山崎剛太郎『忘れ難き日々、いま一度、語りたきこと』★春秋社、一二月刊。編集協力＝渡邊啓史。

鈴木貞美『エクリチュールへ——明治期「言文一致」神話解体　三遊亭円朝考』★文化科学高等研究院出版局、一二月刊。

毬矢まりえ、森山恵『レディ・ムラサキのティーパーティー——らせん訳「源氏物語」』★講談社、二〇二四年二月刊。

井上隆史『大江健三郎論——怪物作家の「本当ノ事」』★光文社、二月刊。

＊――中村真一郎の会

趣意書

　中村真一郎の本格的な文学的生涯は、第二次大戦終結とともに開始された。爾来、一九九七年末に他界するまで半世紀、その活動は日本の文学に新しい領域を開拓しつづけた。そして、最後まで、〈戦後派〉の文学者としての自負と誇りに生きた。

　この場合、〈戦後〉とはただ時代の区分に関わるのではなく、日本の文学を戦前の狭隘から開放し、多様かつ豊饒な世界へと革新する困難な文学的行為を意味する。中村真一郎はまことに弛みなくそれを実践した。したがって、〈戦後派〉の文学者という自負は、取りも直さず二十世紀の日本文学の開拓者たらんとする自覚の表明ということにもなるだろう。中村真一郎はその自負あるいは自覚を全うした文学者である。

『四季』を頂点とする三つの大河小説的長篇は、ある時代の精神風俗と個人の内的冒険を融合する、かつて日本に乏しかった振幅のひろい小説世界を実現した。平行して書かれた数多い中篇・短篇小説は、精神と魂の諸領域の秘密をきめ細かく探りつづけた。江戸文明の精髄を生きた三人の知識人の生涯を考察した三部作には、評伝文学の新しい可能性が示された。日本・西欧の昔と今にわたり、及ぶ者のない広範な読書と該博な知識にもとづいて、文学の魅力をのびやかに渉猟した批評の数々。また押韻定型詩の試みは、継続の機会に恵まれなかったものの、日本近代詩がとかく軽んじがちだった形式感覚をめぐって、重要な一石を投じた事件だった。さらに詩劇を含む戯曲、放送劇、随筆、翻訳の領域でも目覚しい仕事を残した。

それら厖大でしかも多彩な業績は、どのようにして産みだされたのか。古今東西の文明・文学を見わたす視野の広範さ、想像力の自在な活動とそれを愉しむしなやかな感覚、現代を生きる倫理のありかたを考える意識（それはしかし偏狭さや偏見と無縁である）……。そこではまた精神の自由が重んじられ、魂の神秘が慈しまれる。それらが渾然一体となって、中村真一郎の創造の源泉を形づくることになった。

中村真一郎の作品はその生前から評価されていたし、文学的創造の姿勢はときに無理解な反撥を受けることはあっても、決して軽んじられていなかった。しかしながら、正当な評価で報いられたかとなると、大いに疑問である。文学的立場の輪郭は人の知るところであったとしても、その意味するところが正確に測られていたとは言いがたいものがある。

私たちがここに「中村真一郎の会」を組織することを発議したのは、以上の状況を十分に勘案して、中村真一郎の文学的業績と文学的立場の全体にわたって、その真価をもっと広く深く解明するのは急務であると判断したからである。そして当然ながら、この会の活動は、二十世紀の日本文学の創造したものを二十一世紀へと架橋する役割を果すことにもなるだろう。中村真一郎の文学に関心を寄せ、親しみ、敬愛するひとびと、中村真一郎の達成した仕事を通して、明日の文学を考えようとするひとびととの、幅ひろい活発な参加を得て、中村真一郎にふさわしい自由闊達な交歓の場が誕生することを私たちは期待している。

＊——中村真一郎の会

会則

第一章——総則

第一条（名称）
本会は中村真一郎の会という。

第二条（事務局）
本会は、事務所を株式会社水声社編集部（神奈川県横浜市港北区新吉田東一—七七—一七）内におく。

第三条（目的）
本会は、中村真一郎の業績を讃え、これを広く、かつ永く伝えることを目的とする。
そのために、第四条に記する事業を行い、中村真一郎の作品を愛する者、研究する者、関心を持つ者が、広く交流し、中村真一郎とその作品についての理解を深めるための場をつくることをめざす。

第四条（事業、活動内容）
本会は、前記の目的を達成するために次の活動をおこなう。
一、中村真一郎に関する講演会、研究発表、シンポジウムなどの開催。
二、機関誌「中村真一郎手帖」（年一回）の編集。
三、インターネット上での情報公開。
四、その他、幹事会が必要と認める事業。

第二章——会員・会費について

第五条（会員の資格）
本会は、中村真一郎の作品を愛する者、研究する者、関心を持つ者は誰でも会員になることができる。会員は、普通会員（学生会員）、法人会員、にわかれる。

第六条（会費）
一、普通会員は年会費一口五千円とする。（学生会員は年会費二千円）
二、法人会員は年会費一口二万円とする。
三、年会費は、毎年年度のはじめに支払うものとする。年度の途中で入会するときは、そのときに、その年度の年会費を支払うものとする。

第七条（会員の権利・義務）
一、会員は、会の総会に出席し、発言し、表決に参加できる。
二、会員は、会のすべての催しの案内を受け、参加することができる。
三、会員は、機関誌に投稿することができる。
四、会員には、会の刊行物が無料で送付される。
五、会員は、上記の会費を納入しなければならない。二年間の会費未納者は、会員資格を失う。
六、会員が会の活動に支障を生じるような行動をしたときは、幹事会の決議により、退会を勧告されることがある。

第八条（名誉会員）
一、本会は、本会の運営において、顕著

な貢献を成した者を名誉会員とすることができる。

二、名誉会員は、会員一名以上の推薦に基づき、幹事会が発議し、総会において承認する。

第三章――役員について

第九条（役員の種類と定数）

本会に次の役員をおく。

一、会長　一名
二、幹事長　一名
三、常任幹事　四～七名
四、幹事　十五～二十名
五、事務局長　一名
六、監事（会計監査）　一名

第十条（役員の選任）

会長は、会員の中より幹事会において選出する。また、幹事会において、幹事長、常任幹事、事務局長を、互選により選出する。

第十一条（役員の任期）

役員の任期は、選任の日から二年とする。ただし再任を妨げない。任期の中途で就任した役員の任期は、他の役員と同時に終了する。

第十二条（役員の職務）

一、会長は、本会を代表する。

二、幹事長は、会の運営全般を統括する幹事会を代表し、常任幹事とともに、会の事務を執行する。幹事長は、会長を補佐し、会長に差し支えがあるときは、会長の任務を代行する。

三、常任幹事は、幹事長を補佐し、幹事長がその職務を執行できないとき、その代行をする。

四、幹事は幹事会を構成し、会務を執行する。

五、幹事会は、本会則規定事項、総会より付託を受けた事項、その他会務に関する必要な事項を決定するものとし、幹事長が招集し、出席幹事の過半数をもって決議する。

六、幹事会は年に一回行うものとする。ただし、幹事長の招集により、随時、行えるものとする。

第十三条（監事の職務）

監事（会計監査）は、本会の会計を監査し、監査の結果を幹事会および総会に報告する。

第四章――総会

第十四条（総会）

会長は、毎年一回、総会を招集しなければならない。総会は会員の三分の一の出席（委任状によるものを含む）があったときに成立する。総会の議長は、会長またはその指名する幹事とし、総会を運営する。

第十五条（総会の権限）

総会は、次の議案を議決する。

一、幹事、監事の選出
二、前年度活動報告、ならびに会計報告の承認
三、当年度予算案、ならびに活動計画案の承認
四、会員から提出のあった議案
五、本会則の改正
六、解散
七、その他、幹事会が必要と認めた事項

第十六条（総会の議決）

総会の決議は、出席会員（委任状による

ものを含む）の過半数をもってなす。

第五章――会計

第十七条（経費）
本会の経費は、会費、寄付金、その他をもってあてるものとする。

第十八条（会計年度）
会計年度は、四月一日から、翌年三月三十一日とする。

第十九条（会計報告）
会計報告は、監事が年度終了後に開催される総会においてなし、総会の承認を得るものとする。

第六章――付則

第二十条（施行日）
本規約は、結成総会の日から施行する。

第二十一条（創立年度の会計年度）
本会創立年度の会計年度は、結成総会後の三月三十一日までとする。

役員一覧（2022. 9 - 2024. 3）

会長
安藤元雄（2019. 4 - 2022. 9）
鈴木貞美（2023. 4 - 2024. 3）

監事
十河章

幹事
朝比奈美知子
粟津則雄
井上隆史（常任幹事）
岩野卓司（常任幹事）
大藤敏行
木村妙子（常任幹事）
小林宣之（常任幹事）
近藤圭一（常任幹事）
鈴木貞美（幹事長）
鈴木宏（事務局長）
本多美佐子
松岡みどり
渡邊啓史

名誉会員
安藤元雄
池内輝雄
清水徹
中村稔

［執筆者について］

揖斐高［いびたかし］■――一九四六年、福岡県生まれ。成蹊大学名誉教授（日本近世文学）。日本学士院会員。著書に、『江戸詩歌論』（読売文学賞）、『遊人の抒情――柏木如亭』、『近世文学の境界』（角川源義賞、やまなし文学賞受賞）、『江戸漢詩の情景――風雅と日常』、編訳書に、『江戸漢詩選』（上下）などがある。

田中優子［たなかゆうこ］■――一九五二年、横浜市生まれ。法政大学名誉教授（日本近世文学、江戸文化、アジア比較文化）。著書に、『江戸の想像力』（芸術選奨文部大臣新人賞受賞）、『江戸百夢　近世図像学の楽しみ』（芸術選奨文部科学大臣賞、サントリー学芸賞受賞）、『江戸問答』（松岡正剛との対談）、『遊郭と日本人』などがある。

助川幸逸郎［すけがわこういちろう］■――一九六七年、東京都生まれ。東海大学教授（日本文学）。著書に、『文学理論の冒険』、『教養としての芥川賞』、『文学授業のカンドコロ――迷える国語教師たちの物語』（共編著）などがある。

高橋博巳［たかはしひろみ］■――一九四六年、岡山県生まれ。金城学院大学名誉教授（近世漢文学・文化）。著書に、『江戸のバロック――徂徠学の周辺』、『画家の旅、詩人の夢』、『東アジアの文芸共和国――通信使・北学派・蒹葭堂』、『浦上玉堂――白雲も我が閑適を羨まんか』などがある。

毬矢まりえ［まりやまりえ］■――一九六四年、東京都生まれ。俳人、評論家。慶應義塾大学文学部フランス文学科卒業、同博士課程前期中退。著書に、『ドナルド・キーンと俳句』、『ひとつぶの宇宙――俳句と西洋美術』、訳書に、『源氏物語　A・ウェイリー訳』（森山恵との共訳、全四巻）などがある。

●入会案内

中村真一郎の会は、中村文学を愛する方であれば、どなたでも入会できます。

入会をご希望の方は、事務局（神奈川県横浜市港北区新吉田東一―七七―一七　水声社編集部内　〒二二三―〇〇五八　電話〇四五―七一七―五三五六）までご一報の上、郵便振替にて当該年度の会費（一般五千円、学生二千円）を左記口座へお振込みください。

加入者名　中村真一郎の会
口座番号　〇〇一〇〇―〇―七〇五六九五

●投稿規定

当会では、機関誌への会員の皆様のご投稿を、随時受け付けております。

原稿は縦書き、二千字から六千字で、お名前、ご住所、電話番号、職業、年齢をお書き添えの上、事務局までご送付ください（デジタル・データがあれば、なお可）。投稿原稿は原則としてお返しいたしませんので、コピーをとってからお送りください。

掲載の可否は編集委員会の決定によりますので、掲載できない場合もございます。また、掲載にあたって、文意を損なわない範囲で手を加えさせていただく場合がありますが、ご了承ください。

●寄付者一覧（2023.4-2024.3）

左記の方々からご寄付をいただきました。記して感謝いたします。

鈴木宏　五、〇〇〇円
木村妙子　五、〇〇〇円

＊　小林宣之「中村真一郎に甦るネルヴァル」は休載いたします。

中村真一郎手帖

第一九号▼編集……中村真一郎の会▼発行……株式会社水声社東京都文京区小石川二―七―五〒一一二―〇〇〇二▼電話〇三―三八一八―六〇四〇▼FAX〇三―三八一八―二四三七▼印刷製本精興社▼ISBN978-4-8010-0810-6▼二〇二四年五月一日印刷二〇二四年五月一五日発行▼中村真一郎の会ホームページ……http://www.suiseisha.net/nakamura/▼装丁……齋藤久美子▼表紙写真……日本経済新聞社提供